KB114579

내 귀에 해설이 들려

내 귀에 해설이 들려 10

설경구 현대 판타지 소설

초판 1쇄 찍은 날 § 2021년 1월 12일
초판 1쇄 펴낸 날 § 2021년 1월 19일

지은이 § 설경구
펴낸이 § 서경석

총괄팀장 § 노종아
편집책임 § 강서희
디자인 § 소소연

펴낸곳 § 도서출판 청어람
등록번호 § 제387-1999-000006호
등록일자 § 1999. 5. 31
어람번호 § 제1-3110호

주소 § 경기도 부천시 부일로 483번길 40 서경B/D 3F (우) 14640
전화 § 032-656-4452 팩스 § 032-656-4453
http://www.chungeoram.com
E-mail § chungeorambook@daum.net

ISBN 979-11-04-92302-9 04810
ISBN 979-11-04-92190-2 (세트)

내 귀에 해설이 들려

설경구 현대 판타지 소설

MODERN FANTASTIC STORY

10

청어람
도서출판

내
귀에
해설이
들려

목차

제1장

"마이애미 말린스요?"

잠시 밝아졌던 박건의 표정이 다시 어두워졌다.

그 이유는 마이애미 말린스 역시 뉴욕 메츠와 함께 내셔널 리그 동부 지구에 속해 있는 구단들 중 하나였기 때문이었다.

포스팅 금액으로 300만 달러를 입찰했을 정도로 박건에게 애정이 있었던 애틀랜타 브레이브스가 이번 트레이드 시장에 뛰어들었음에도 불구하고, 이용운은 자신이 애틀랜타 브레이브스로 이적할 가능성이 희박하다고 진단했다.

그렇게 진단했던 이유.

애틀랜타 브레이브스가 뉴욕 메츠와 함께 내셔널리그 동부 지구에 속해 있는 구단이기 때문이었다.

그런데… 마이애미 말린스 역시 뉴욕 메츠와 함께 내셔널리그 동부 지구에 속해 있는 구단들 중 하나였다.

그러니 이용운의 진단대로라면 자신이 트레이드를 통해서 마이애미 말린스로 이적할 수 있을 가능성이 무척 희박한 셈이었다.

톰 힉스 구단주가 마이애미 말린스의 트레이드 제의를 수락하지 않을 것이었기 때문이었다.

해서 박건이 실망한 기색을 드러내고 있을 때였다.

"좀 더 자세히 물어봐."

이용운이 재촉했다.

그 재촉을 들은 박건이 빌 머레이가 아닌 이용운에게 물었다.

"그럴 필요가 없지 않습니까?"

"왜 그럴 필요가 없다는 거야?"

"마이애미 말린스로 트레이드될 가능성이 희박하니까요."

"왜 그렇게 판단한 거지?"

"애틀랜타 브레이브스와 마찬가지로 마이애미 말린스 역시 내셔널리그 동부 지구에 속해 있는 구단들 중 하나이니까요."

박건이 시큰둥한 목소리로 대꾸했지만, 이용운은 딱 잘라 말했다.

"좀 다르다."

"뭐가 다르단 겁니까?"

"아니, 많이 다르다."

"네?"

"애틀랜타 브레이브스와 마이애미 말린스는 많이 다르다고."

"대체 뭐가 다르다는 겁니까?"

박건이 영문을 모르겠다는 표정으로 질문하자, 이용운에게서 바로 대답이 돌아왔다.

"톰 힉스 구단주가 느끼는 감정이 다르다."

그 대답을 들은 박건이 머리를 긁적였다.

제대로 말뜻을 이해하기 어려웠기 때문이었다.

그때, 이용운이 부연했다.

"애틀랜타 브레이브스와 마찬가지로 마이애미 말린스 역시 내셔널리그 동부 지구에 속해 있는 구단 중 하나이긴 하다. 그렇지만 마이애미 말린스가 뉴욕 메츠와 지구 우승을 놓고 다투는 경쟁 상대는 아니거든."

현재 마이애미 말린스의 순위.

내셔널리그 동부 지구 최하위에 머물러 있었다.

시즌 초반에 반짝하면서 지구 3위까지 치고 올라갔지만, 얼마 지나지 않아 공수 여러 부분에서 문제점들을 노출하면서 마이애미 말린스는 지구 최하위로 순위가 하락해 있었다.

내셔널리그 동부 지구 선두를 달리고 있는 애틀랜타 브레이브스와의 격차는 어느덧 11경기.

아직 시즌 초중반이었지만, 마이애미 말린스는 지구 우승 경쟁에서 일찌감치 탈락했다는 평가가 지배적이었다.

"그 말씀은… 마이애미 말린스라면 사촌이 땅을 사도 배가 아프지 않다는 겁니까?"

"맞다."

"그럼 제가 마이애미 말린스 구단으로 이적할 가능성이 아직 남아 있다는 뜻이군요."

박건이 다시 희망을 품었을 때, 이용운이 말했다.

"그러니까 어서 빌 머레이에게 물어봐라."

"뭘 물어볼까요?"

덩달아 마음이 급해진 박건이 질문하자, 이용운이 대답했다.

"마이애미 말린스가 내놓을 수 있는 트레이드 카드."

고개를 끄덕인 박건이 빌 머레이에게 질문했다.

"마이애미 말린스 구단이 저를 영입하기 위해서 꺼내놓을 수 있는 트레이드 카드는 무엇입니까?"

빌 머레이가 대답했다.

"타이론 게레로입니다."

*　　　　*　　　　*

"갑작스러운 만남 요청이었음에도 불구하고 흔쾌히 응해주셔서 감사합니다."

박건이 앞으로 오른손을 내밀어 악수를 청하며 빌 머레이에게 감사 인사를 건넸다.

"아닙니다. 저 역시 즐거웠습니다."

빌 머레이가 박건이 앞으로 내밀고 있던 오른손을 맞잡고 가볍게 흔들며 덧붙였다.

"저는 박건 선수가 꼭 메이저리그에 남았으면 좋겠습니다."

그 이야기를 들은 박건이 의아한 시선을 던지자, 빌 머레이가 희미하게 웃으며 말을 이었다.

"박건 선수가 KBO 리그로 복귀할 수도 있다는 소식을 저도 들어서 알고 있습니다. 그렇지만 저는 박건 선수가 KBO 리그로 복귀하지 않고 메이저리그에 남아서 도전을 이어나가길 바라고 있습니다."

"왜입니까?"

"박건 선수가 메이저리그에 남아 좋은 활약을 펼쳐야만 쪼잔한 우리 구단 단장이 지갑을 열지 않았던 것을 땅을 치며 후회하지 않겠습니까? 그 모습을 꼭 지켜보고 싶거든요."

빌 머레이가 농담을 건넸다.

그 농담을 들은 박건이 픽 하고 웃음을 터뜨렸을 때, 빌 머레이가 덧붙였다.

"꼭 그 이유 때문만은 아닙니다. 제가 박건 선수가 메이저리그에 남아서 도전을 이어나가길 바라는 진짜 이유는 따로 있습니다."

"어떤 이유입니까?"

"박건 선수가 아까워서입니다."

"……?"

"스카우터인 제가 판단하는 박건 선수는 메이저리그라는 세계 최고의 무대에서도 충분히 성공할 수 있는 재능과 실력을 갖췄습니다. 그런 박건 선수가 KBO 리그로 복귀하지 않고 메이저리그에 남아서 최고의 활약을 펼치는 것이 장기적으로 메이저리그의 흥행에도 도움이 될 거라고 판단하기 때문입니다."

박건이 빌 머레이에게 새삼스러운 시선을 던졌다.

설령 박건의 트레이드가 성사되어 메이저리그에서 도전을 이어나갈 수 있게 되더라도, 필라델피아 필리스 소속 선수가 될 가능성이 극히 희박하다는 사실.

빌 머레이가 누구보다 잘 알고 있었다.

그럼에도 불구하고 필라델피아 필리스 구단 소속 스카우터인 빌 머레이는 박건이 메이저리그에서 성공을 거두길 진심으로 바라고 있었다.

그런 빌 머레이의 모습이 무척 낯설게 느껴졌다.

KBO 리그에서는 흔히 볼 수 없는 반응이었기 때문이었다.

"말씀만이라도 감사합니다."

박건이 그런 빌 머레이에게 작별 인사를 건넸다.

"커피 한잔하자."

혼자 남겨진 박건에게 이용운이 제안했다.

그 제안을 들은 박건이 근처 커피 전문점으로 들어갔다. 그리고 아이스커피 한 잔을 받아서 탁자에 앉자마자 이용운이 말했다.

"빌 머레이는 좋은 스카우터다. 스카우터로서 실력도 뛰어나지만, 인성도 훌륭하다. 필라델피아 필리스 구단 소속 스카우터이지만, 메이저리그의 흥행까지 걱정하는 것이 빌 머레이의 인성이 무척 훌륭하다는 증거지. 어쩌면… 이런 사람들이 모여 있기 때문에 메이저리그가 세계 최고의 무대가 될 수 있었는지도 모르겠구나."

박건 역시 고개를 끄덕이며 그 의견에 수긍했을 때, 이용운이 덧붙였다.

"메이저리그의 흥행 성적이 예전과 달리 신통치 않다. 후배는 잘 모르겠지만, 관중 수가 계속 줄어들고 있고, 경기 시청률도 예전 같지 않아."

"어떤 이유 때문입니까?"

"여러 가지 요인이 있지. 상위권과 하위권 팀들의 전력 차가 커서 예전처럼 순위 싸움이 치열하지 않은 것도 하나의 요인이고, 요즘 젊은 세대들이 지루한 것을 못 참는 것도 요인 중 하나다. 요즘 젊은 세대들은 박진감이 넘치는 농구나 풋볼에 더 열광하면서 야구를 지루하다고 외면하는 추세거든. 그렇지만 가장 큰 원인은… 결국 스타의 부재다."

'스타의 부재.'

박건이 그 말을 속으로 되뇔 때, 이용운이 말을 이었다.

"그래서 메이저리그 사무국은 새로운 스타의 등장에 목을 매고 있다. 새로운 스타가 등장해야만 더 많은 사람들을 메이저리그 경기가 열리는 경기장과 메이저리그 경기가 중계되는 TV 앞으로 불러 모을 수 있기 때문이다. 그리고 이게 빌 머레이가 후배가 메이저리그에서 도전을 이어나가면서 성공하길 바라는 이유다."

"저는… 스타와는 거리가 멉니다."

박건이 당황한 표정으로 손사래를 쳤지만, 이용운의 의견은 달랐다.

이용운은 확신에 찬 목소리로 말했다.

"후배가 적임자다."

*　　　　　*　　　　　*

"후배에게는 스토리가 있거든."

'스토리? 무슨 스토리?'

박건이 여전히 당황한 표정을 짓고 있을 때였다.

"메이저리그 사무국이 애타게 기다리는 스타플레이어는 단순히 야구를 잘하는 선수가 아니다. 잘 이해가 안 가는 것 같으니 알아듣기 쉽게 예를 들어주마. 학창 시절부터 엘리트 코스를 밟아서 드래프트를 통해서 메이저리그에 진출한 후에 성공한 선수가 있다. 어때?"

"뭐가 어떠냐는 겁니까?"

"재밌어?"

"딱히… 재미가 있진 않네요."

박건이 솔직하게 대답하자, 이용운이 이야기를 이어나갔다.

"대중들이 열광하는 건 스토리다. 금수저 물고 태어나서 평탄한 인생을 살아왔거나, 계속 성공 가도만 달려온 사람들의 이야기에 흥미를 드러내며 열광하는 대중은 없다. 열광하긴커녕 열등감만 느낄 뿐이지. 오히려 불우한 환경이나 어려움을 극복하고 성공한 사람의 인생 역전 스토리에 대중들이 흥미를 드러내며 열광한다는 사실을 메이저리그 사무국도 잘 알고 있다."

'듣고 보니… 내가 적임자가 맞네.'

잠시 후 박건이 속으로 생각했다.

지금까지 자신의 야구 인생.

평탄하거나 성공 가도를 쭉 달려왔던 것과는 거리가 멀었다.

박건은 KBO 리그에서 투수로 커리어를 시작했지만, 불의의 부상으로 인해서 야수로 전향했다.

그러나 야수 전향은 실패작에 가까웠다.

1군보다 2군에 머무르는 기간이 훨씬 길었고, 야구선수로 성공할 수 없다는 판단을 내리고 선수 은퇴까지 결심했었다.

만약 영혼의 파트너인 이용운을 만나지 못했다면?

이미 진즉에 은퇴를 했으리라.

그리고 박건의 야구 인생은 영혼의 파트너인 이용운을 만나기 전과 만나기 후로 극명하게 갈렸다.

이용운의 도움과 조언 덕분에 박건은 청우 로열스로 이적한 후 1군에 진입해서 맹활약을 펼치며 팀의 통합 우승을 이끌었다.

그 활약을 바탕으로 포스팅 시스템을 통해서 뉴욕 메츠에 입단하며 메이저리그 도전을 시작할 수 있었다.

그렇지만 메이저리그 도전에 나섰던 박건은 적응에 어려움을 겪으며 뉴욕 메츠 홈 팬들에게까지 야유를 들을 정도로 최악의 시즌 출발을 했다.

언제 방출되더라도 이상할 게 없는 상황.

'그런데 내가 다시 극적인 반전을 보여준다면?'

대중들이 열광하기에 충분할 정도의 스토리였다.

"방금 후배가 적임자가 맞다고 생각했지?"

그때, 이용운이 불쑥 물었다.

'역시 귀신은 못 속여.'

속내를 읽혀 버린 박건이 혀를 내두를 때, 이용운이 덧붙였다.

"그래도 우리 너무 앞서가지는 말자."

"네?"

"일단 메이저리그에 잔류해야만 메이저리그 사무국이 애타게 기다리고 있는 스타플레이어가 될 수 있으니까."

이용운의 지적대로였다.

'또 너무 앞서갔네.'

박건이 반성했을 때, 이용운이 다시 입을 뗐다.

"약하다."

"제 스타성이 약하다는 겁니까?"

"너무 앞서가지 말자니까."

"그럼… 뭐가 약하다는 겁니까?"

"타이론 게레로 말이다."

"……?"

"트레이드 카드로는 너무 약해."

*　　　　*　　　　*

타이론 게레로는 박건을 영입하기 위해서 마이애미 말린스에서 트레이드 카드로 활용하려는 선수였다.

그런 타이론 게레로의 보직은 불펜투수였다.

마이애미 말린스에서 주로 추격조로 경기에 출전하는 불펜투수.

'트레이드 카드로 부족한가?'

박건이 확신을 갖지 못하고 고개를 갸웃했을 때였다.

"최상의 카드는 현금 트레이드다. 마이애미 말린스의 잭 대니얼스 단장이 100만 달러 이상의 이적료를 내고 후배를 영입하겠다는 의사를 밝히면 톰 힉스 구단주는 만세를 부르면서 트레이드에 합의할 것이다."

"그래도… 손해인데요?"

뉴욕 메츠가 박건 영입에 투자한 돈은 371만 달러.

그런데 100만 달러의 이적료만 받고 박건을 이적시키면 톰 힉스 구단주는 큰 손해를 입는 셈이었다.

그래서 박건이 질문하자, 이용운이 쏘아붙였다.

"27만 달러보단 100만 달러가 훨씬 낫지 않느냐?"

*　　　　*　　　　*

"문제는 마이애미 말린스가 스몰 마켓이란 점이다."

이용운이 한숨을 내쉬었다.

아까 말했던 대로 마이애미 말린스 단장인 잭 대니얼스가 시원하게 현금 100만 달러를 이적료로 지불하고 박건을 영입하는 것이 최선이었다.

그러나 문제는 마이애미 말린스가 자금력이 없는 스몰 마켓이란 점이었다.

해서 잭 대니얼스 단장은 현금 트레이드가 아닌 선수 간 맞트레이드를 추진하고 있었다. 그리고 잭 대니얼스가 박건을 영입하기 위해서 준비한 트레이드 카드는 불펜투수인 타이론 게레로였다.

'과연… 타이론 게레로로 만족할까?'

박건의 영입을 노리는 마이애미 말린스 구단의 잭 대니얼스 단장이 트레이드 카드로 타이론 게레로를 준비한 이유는 짐작이 갔다.

시즌이 중반으로 접어들고 있는 현시점에서 뉴욕 메츠가 불펜에서 약점을 노출하고 있었기 때문이었다.

뉴욕 메츠가 4연승을 거둔 덕분에 크게 부각되지 않고 묻혔지만, 뉴욕 메츠의 불펜투수들은 4연승을 거두는 과정에서 거의 매 경기 불안한 모습을 노출했다.

그로 인해 거의 다 잡았던 경기를 놓칠 뻔했던 경우도 있었고, 쉽게 이겼어야 할 경기를 어렵게 끌고 간 적도 있었다.

만약 폴 바셋과 피터 알론소의 호수비와 박건이 펼친 공수에서의 맹활약이 아니었다면 불펜투수들의 방화로 인해 뉴욕 메츠의 연승 행진은 진즉에 끊겼으리라.

톰 힉스 구단주와 미겔 카브레라 감독이 이런 뉴욕 메츠의 약점에 대해서 모를 리 없을 터.

그래서 잭 대니얼스 단장은 박건을 영입하기 위해서 불펜투수인 타이론 게레로를 트레이드 카드로 제시하려는 것이었다.

"톰 힉스 구단주가 만족할 리 없어.'

잠시 후, 이용운이 고개를 흔들었다.

타이론 게레로가 마이애미 말린스에서 맡고 있는 보직은 필승조가 아닌 추격조.

올 시즌 평균자책점도 4점대 후반이었다.

톰 힉스 구단주가 타이론 게레로와 박건을 맞트레이드하자는 잭 대니얼스의 제안에 응할 가능성은 낮았다.

'브라이언 모란이라면 모를까?'

절레절레 고개를 흔들던 이용운이 퍼뜩 떠올린 선수는 브라이언 모란이었다.

마이애미 말린스 불펜에서 필승조로 활약하고 있는 브라이언 모란의 올 시즌 활약상은 무척 인상적이었다.

마이애미 말린스가 앞서고 있는 경기의 8회에 등판해서 리드를 지켜내면서 팀의 마무리투수인 브래들리 쿱에게 연결해 주는 연결 고리 역할을 맡고 있는 브라이언 모란의 평균자책점은 무려 1.65.

더 눈부신 것은 승계주자 실점률이 채 1할도 되지 않는다는 점이었다.

'브라이언 모란을 트레이드 카드로 활용한다면 톰 힉스 구단주도 트레이드 제안을 받아들일 거야.'

거기까지 생각이 미쳤던 이용운이 한숨을 내쉬었다.

마이애미 말린스의 단장인 잭 대니얼스가 박건을 영입하기 위해서 브라이언 모란을 트레이드 카드로 활용할 가능성?

극히 희박했기 때문이었다.

'어렵구나.'

KBO 리그에 비해서 메이저리그에서 트레이드가 더 활발하게 이뤄지는 것은 분명 사실이었다.

그러나 트레이드가 성사되는 과정이 지난한 것은 마찬가지였다.

게다가 시기도 좋지 않았다.

지금은 포스트시즌 진출 팀의 윤곽이 서서히 드러나기 시작하는 정규시즌 후반부가 아니었다.

이제 막 정규시즌 중반부에 접어들고 있는 만큼, 대부분의 구단들이 포스트시즌 진출에 대한 희망을 갖고 있는 상황이었다.

그래서 트레이드에 더 조심스럽게 접근하는 것이었다.

"무슨 방법이 없을까?"

이용운이 고심을 거듭하고 있을 때, 박건이 말했다.

"방법이 없는 것 같습니다."

"응?"

"제가 톰 힉스 구단주라고 해도 타이론 게레로를 뉴욕 메츠로 영입하고 저를 마이애미 말린스로 보내는 선택은 하지 않을 테니까요."

"왜 그렇게 생각한 거지?"

"투수 박건이 타이론 게레로보다 더 나으니까요."

박건의 대답을 들은 이용운이 두 눈을 가늘게 좁혔다.

"방금… 뭐라 그랬었지?"

"투수 박건이 타이론 게레로보다 더 낫다고 말씀드렸습니다."

"투수 박건이 타이론 게레로보다 낫다?"

"아닙니까?"

박건이 자신 없는 목소리로 질문하는 것을 들은 이용운이 대답했다.

"맞다."

"네?"

"후배 말이 맞다고."

이용운이 상기된 목소리로 소리쳤다.

"왜 내가 지금까지 그 생각을 못 했지?"

                    *   *   *

"혹시… 좋은 방법이 떠오르셨습니까?"

박건이 조심스럽게 질문한 순간, 이용운이 힘주어 대답했다.

"그래. 한 가지 방법이 떠올랐다. 마이애미 말린스의 단장인 잭 대니얼스가 타이론 게레로가 아니라 브라이언 모란을 트레이드 카드로 내놓는다면 후배의 트레이드가 성사될 확률이 높다."

"어떻게요?"

"응?"

"저도 브라이언 모란이란 선수에 대해서 알고 있습니다. 마이애미 말린스의 잭 대니얼스 단장이 머리에 총 맞지 않은 이상 저를 영입하기 위해서 브라이언 모란을 트레이드 카드로 내놓겠습니까?"

박건이 반박했지만, 이용운은 잭 대니얼스가 브라이언 모란을 트레이드 카드로 내놓게 만들 자신이 있었다.

"혹시 톰 힉스 구단주 연락처 알아?"

"모릅니다."

"몰라? 그럼 톰 힉스 구단주 연락처를 어떻게 알아내지?"

잠시 고민하던 이용운이 다시 입을 뗐다.

"송이현 단장에게 물어봐."

송이현 단장은 박건을 청우 로열스로 재영입하기 위해서 톰 힉스 구단주와 협상을 했으니 그의 연락처를 알고 있을 가능성이 높았다.

이용운이 재촉하는 것을 들은 박건이 마지못한 표정으로 휴대전화를 꺼내 들며 질문했다.

"그런데 톰 힉스 구단주를 갑자기 왜 만나려는 겁니까?"

"협상을 하려고."

"무슨 협상이요?"

이용운이 대답했다.

"서로 윈윈 할 수 있는 방법을 모색해 볼 생각이다."

*　　　*　　　*

―폴 바셋 〈→〉 치치 곤잘레스

두 선수의 이름이 나란히 적혀 있는 메모지를 응시하고 있던 톰 힉스가 팔짱을 끼며 입을 뗐다.

"손해는 아닌 것 같은데."

콜로라도 로키스의 대런 스킵 단장이 먼저 전화를 걸어와서 두 선수의 트레이드를 제안했다.

대런 스킵이 원하는 선수는 폴 바셋.

그가 폴 바셋을 콜로라도 로키스로 영입하기 위해서 트레이드 카드로 제시한 선수는 치치 곤잘레스였다. 그리고 대런 스킵이 폴 바셋을 콜로라도 로키스로 영입하려는 이유에 대해서는 톰 힉스도 잘 알고 있었다.

콜로라도 로키스의 백업 유격수인 개럿 햄슨이 얼마 전에 손목 골절상을 당한 탓에 올 시즌 복귀가 불투명해지면서 새로운 백업 유격수가 필요했기 때문이었다.

문제는 대런 스킵이 폴 바셋을 콜로라도 로키스로 영입하기 위해서 제시한 트레이드 카드인 치치 곤잘레스였다.

올 시즌 콜로라도 로키스 불펜에서 추격조와 필승조를 오가면서 경기에 나서고 있는 치치 곤잘레스의 평균자책점은 5.15.

5점대 초반의 평균자책점은 높은 편이었다.

그렇지만 한 가지 고려해야 할 점이 있었다.

바로 치치 곤잘레스가 콜로라도 로키스 소속 선수라는 점이었다.

콜로라도 로키스가 홈구장으로 사용하고 있는 쿠어스 필드는 '투수들의 무덤'으로 악명 높은 구장이었다.

쿠어스 필드가 고지대에 위치해서 공기가 희박한 탓에 타구의 비거리가 타 구장들에 비해 훨씬 길기 때문이었다.

치치 곤잘레스는 쿠어스 필드를 홈구장으로 사용하는 콜로라도 로키스 소속 투수임을 감안해야 했다.

"치치 곤잘레스와 트레이드를 하자."

대런 스킵 단장의 제안을 받아들여서 폴 바셋과 치치 곤잘레스를 맞트레이드하기로 결정한 톰 힉스가 다시 펜을 들었다.

브라이언 마일스 〈一〉 오스틴 메도우.

두 선수의 이름을 나란히 적은 후, 톰 힉스가 다시 팔짱을 낀 채 콧잔등을 찡그렸다.

"애매해."

템파베이 레이스의 단장인 러셀 크룩은 브라이언 마일스를 영입하길 원했다. 그리고 브라이언 마일스를 영입하기 위해서 러셀 크룩 단장이 꺼내놓은 트레이드 카드는 오스틴 메도우였다.

오스틴 메도우의 포지션은 외야수.

템파베이 레이스가 꽤 오랫동안 공들여 키웠던 유망주였다.

그런 오스틴 메도우를 트레이드 카드로 내밀었다는 것이 템파베이 레이스의 러셀 크룩 단장이 브라이언 마일스 영입을 간절히 바란다는 증거였다.

만약 두 선수의 트레이드가 성사된다면?

매스컴에서는 템파베이 레이스가 손해를 봤다고 실컷 떠들어댈 것이었다.

그럼에도 불구하고 톰 힉스는 브라이언 마일스와 오스틴 메도우를 맞트레이드시키는 것이 그다지 내키지 않았다.

가장 큰 이유는 뉴욕 메츠의 상황이었다.

제프 맥나일, 윌슨 라모스, 페테르 알론조, 피터 알론소, 그리고 박건까지.

뉴욕 메츠는 외야 자원이 이미 차고 넘치는 상황이었다. 그런데 또 다른 외야 자원인 오스틴 메도우를 영입한다 한들 팀 전력 상승에 별 도움이 되지 않을 것이었다.

물론 피터 알론소와 박건이 트레이드를 통해서 타 구단으로 이적한다면 상황은 또 바뀔 수 있었다.

　그러나 두 선수의 이적이 가능할지 여부는 여전히 미지수였다.

　피터 알론소는 아직까지 트레이드 영입 제안이 없었고, 박건은 애틀랜타 브레이브스에서 관심을 드러냈지만 톰 힉스는 그를 내셔널리그 동부 지구 우승 경쟁 팀 중 하나인 애틀랜타 브레이브스로 보낼 생각이 없었기 때문이었다.

　"좀 더 시간을 끌자."

　잠시 후, 톰 힉스가 결정을 내렸다.

　오스틴 메도우가 잠재력을 갖춘 좋은 유망주이긴 했지만, 지금의 뉴욕 메츠는 그가 필요치 않았다.

　반면 출루율이 높고 베이스러닝 능력을 갖춘 리드오프가 절실한 템파베이 레이스는 브라이언 마일스가 꼭 필요했다.

　그러니 톰 힉스 입장에서는 급할 게 없었다.

　상대적으로 더 다급한 입장인 것은 템파베이 레이스의 러셀 크룩 단장.

　그는 브라이언 마일스를 영입하기 위해서 더 좋은 트레이드 카드를 내밀 가능성이 컸다.

　그래서 시간을 끌면서 더 좋은 제안이 찾아올 때까지 기다리기로 결정한 것이었다.

팔짱을 푼 톰 힉스가 다시 펜을 잡았다.

박건 〈一〉?

박건의 이름 옆에 물음표를 그려 넣은 톰 힉스가 한숨을
내쉬었다.

브라이언 마일스와 박건의 상황은 또 달랐다.

KBO 리그에 속한 구단인 청우 로열스의 단장인 송이현이
27만 달러의 이적료를 내고 박건을 영입하겠다는 의사를 이
미 밝힌 상황.

그리고 송이현의 출국 일정은 모레 아침이었다.

즉, 내일까지는 그녀가 했던 제안을 받아들일지 여부에 대
해서 결정을 내려야 하는 입장인 만큼, 느긋하게 기다릴 수
없었다.

"애틀랜타 브레이브스는… 절대 안 돼."

애틀랜타 브레이브스는 박건을 영입하기 위해서 포수 유망
주 윌슨 스미스를 트레이드 카드로 활용할 의사를 내비쳤다.

윌슨 스미스는 공격력이 좋은 유망주 포수.

분명히 구미가 당기는 제안이었다.

그렇지만 톰 힉스는 오래 고민하지 않고 트레이드 불가 통
보를 전달했다. 그리고 톰 힉스가 이런 결정을 내린 이유는

크게 두 가지였다.

우선 박건 영입을 원하는 애틀랜타 브레이브스가 내셔널리그 동부 지구 우승을 노리는 경쟁 팀이라는 것이 마음에 걸렸다.

만약 박건이 애틀랜타 브레이브스로 이적한 후, 맹활약을 펼치면서 지구 우승에 일조한다면?

톰 힉스는 땅을 치며 후회할 것이었다.

또 하나의 이유는 팬들의 비난 여론이었다.

박건은 즉시전력감인 선수.

반면 애틀랜타 브레이브스가 트레이드 카드로 제시한 윌슨 스미스는 말 그대로 유망주였다.

윌슨 스미스가 뉴욕 메츠 팀의 전력 상승에 보탬이 되려면 아직 시간이 필요했다.

'최소 1년 이상.'

톰 힉스가 판단하는 시간이었다.

즉, 윌슨 스미스를 뉴욕 메츠로 영입한다고 하더라도 올 시즌에는 활용할 수 없다는 뜻이었다.

만약 박건을 내주고 윌슨 스미스를 뉴욕 메츠로 영입하는 결정을 내린다면?

팬들의 입장에서는 뉴욕 메츠가 올 시즌을 포기하는 것처럼 비칠 수 있었다.

그렇게 되면 분노한 팬들이 비난 여론을 퍼부을 것이 자명
했고.

그런 이유들로 인해 애틀랜타 브레이브스의 제안을 거절한
톰 힉스가 다음으로 떠올린 것은 마이애미 말린스의 단장인
잭 대니얼스였다.

"박건 선수에게 관심이 있습니다."

잭 대니얼스는 박건을 트레이드로 마이애미 말린스로 영입
하고 싶다는 의사를 내비쳤다.

그런 그가 준비했던 트레이드 카드는 타이론 게레로.

그렇지만 톰 힉스는 이번에도 오래 고민하지 않고 마이애미
말린스의 잭 대니얼스 단장에게 트레이드 불가 통보를 했다.

마이애미 말린스가 뉴욕 메츠와 함께 내셔널리그 동부 지
구에 속해 있는 구단이어서가 아니었다.

애틀랜타 브레이브스와 마이애미 말린스.

두 구단 모두 내셔널리그 동부 지구에 속해 있는 구단인 것
은 마찬가지였지만 전력 차이는 큰 편이었다.

애틀랜타 브레이브스는 현재 지구 선두를 달리고 있는 반
면, 마이애미 말린스는 지구 최하위에 처져 있었으니까.

그리고 마이애미 말린스가 올 시즌에 내셔널리그 동부 지

구 우승을 다툴 라이벌이 될 가능성은 희박했다.

그럼에도 불구하고 톰 힉스가 마이애미 말린스의 잭 대니얼스 단장에게 트레이드 불가 통보를 한 이유.

타이론 게레로를 뉴욕 메츠로 영입하고 대신 박건을 마이애미 말린스로 보내는 것이 아깝다고 판단했기 때문이었다.

"손해야."

톰 힉스가 의자에서 일어섰다.

창가로 걸어가서 어둠과 정적이 내려앉아 있는 창밖을 물끄러미 응시하다 보니 술 생각이 났다.

위스키를 잔에 따른 톰 힉스가 막 한 모금 마셨을 때였다.

지이잉. 지이잉.

책상 위에 올려둔 휴대전화가 진동했다.

'누굴까?'

기대를 감추지 못하고 책상 앞으로 다가간 톰 힉스가 휴대전화를 들어 올렸다.

"누구지?"

액정에 떠올라 있는 낯선 번호를 확인한 톰 힉스가 통화 버튼을 눌렀다.

"톰 힉스입니다. 누구시죠?"

잠시 후, 수화기 너머로 대답이 들려왔다.

"구단주님, 저 박건입니다."

　　　　　　*　　　　　　*　　　　　　*

"자, 마시게."

박건에게 생수를 건넨 톰 힉스가 위스키가 담긴 잔을 입으로 가져갔다.

황갈색 위스키를 혀로 굴리며 특유의 향을 음미하던 톰 힉스가 생수를 마시는 박건을 응시했다.

'왜 날 만나자고 청한 걸까?'

내심 타 구단 단장들에게서 트레이드 문의 전화가 걸려오길 기다리고 있을 때, 박건에게서 전화가 걸려왔었다.

당시 톰 힉스는 내심 당황했었다.

우선 박건이 자신의 연락처를 알고 있다는 사실이 당황스러웠고, 그가 만남을 청하는 이유를 알지 못해서 더욱 당황스러웠다.

"요새 활약이 아주 좋더군."

탁.

위스키가 담긴 잔을 탁자 위에 내려놓으며 톰 힉스가 박건을 칭찬했다.

뉴욕 메츠가 파죽의 4연승을 달리는 과정에서 박건의 활약상이 무척 뛰어났기 때문이었다.

"감사합니다."

"그런데… 아쉽군."

잠시 후, 톰 힉스가 아쉬움을 토로하자 박건이 물었다.

"왜 아쉬우신 겁니까?"

"올 시즌 초반부터 이렇게 인상적인 활약을 펼쳤다면 더 좋았을 걸 하는 생각이 들어서 말이지."

'그랬다면 더 좋은 조건으로 트레이드가 가능했을 테니까.'

톰 힉스가 원래 하려던 뒷말을 속으로 삼켰을 때였다.

"그랬다면… 제가 뉴욕 메츠 선수로 계속 남을 수 있었을까요?"

"응?"

"만약 올 시즌 초반부터 제가 인상적인 활약을 펼쳤다면 계속 뉴욕 메츠 선수로 남을 수 있었을까? 이 질문을 드린 겁니다."

담담한 목소리로 질문을 던지는 박건에게 톰 힉스가 새삼스러운 시선을 던졌다.

'메이저리그 도전을 위해서 동양의 작은 나라에서 미국으로 건너온 야구에 대한 재능이 있는 선수.'

이게 박건에 대해서 톰 힉스가 갖고 있던 생각이었다.

그런데 방금 대화를 통해서 톰 힉스의 생각이 바뀌기 시작했다.

'결국 뉴욕 메츠 선수로 남을 수 없다는 사실을 알고 있었다?'

박건은 단순히 야구만 열심히 하는 선수가 아니었다.

자신이 주도하고 있는 트레이드와 관련된 움직임을 정확히 꿰뚫어 보고 있었다.

어쨌든 질문을 받은 상황.

"그건······."

해서 톰 힉스가 운을 떼며 어떤 대답을 꺼낼지 고민을 시작했을 때였다.

"구단주님, 고민하지 않으셔도 됩니다."

"왜 고민하지 않아도 된다는 건가?"

"어차피 의미 없는 가정일 뿐이니까요."

톰 힉스가 살짝 고개를 끄덕였다.

이미 시즌이 중반으로 접어든 시점이었다.

이제 와서 이런 가정을 한 채로 질문을 던진다 한들, 의미도 없고 달라질 것도 없다는 뜻이었다.

"그럼 의미 있는 이야기를 시작해 보세. 자네가 날 만나기를 청한 이유, 우리 팀을 떠나고 싶어서인가?"

"그렇습니다."

"역시 그렇군."

톰 힉스가 두 눈을 빛내며 다시 질문했다.

"혹시 송이현 단장을 만났나?"

"그렇습니다."

"그럼 우리 팀을 떠나서 KBO 리그로 복귀하고 싶다. 이런 의사를 전달하기 위해서 날 만나자고 했겠군. 내 짐작이 맞나?"

'요식행위.'

톰 힉스가 질문을 던지며 생각했다.

박건이 자신을 만나기 위해서 찾아온 이유.

그것 외엔 없다고 판단했기 때문이었다.

그렇지만 박건에게서 돌아온 대답은 톰 힉스의 짐작과 달랐다.

"틀렸습니다."

"틀렸다고?"

"제가 원하는 건 KBO 리그 복귀가 아닙니다."

"그걸 원하는 게 아니다?"

"네."

"그럼 자네가 원하는 것은 뭔가?"

톰 힉스의 질문에 박건이 대답했다.

"마이애미 말린스로 이적하고 싶습니다."

제2장

　'잭 대니얼스 단장과… 접촉한 건가?'

　박건이 마이애미 말린스로 이적하고 싶다는 대답을 꺼낸 순간, 톰 힉스가 가장 먼저 떠올린 생각이었다.

　박건의 영입을 내심 노리고 있는 잭 대니얼스 단장과 접촉했기 때문에 박건이 마이애미 말린스로 이적하는 것에 욕심을 품었다는 생각이 든 것이었다.

　'말도 안 되는 소리.'

　마이애미 말린스의 잭 대니얼스 단장이 박건을 영입하기 위해서 제시한 트레이드 카드는 타이론 게레로.

톰 힉스의 기대치에 한참 미치지 못하는 트레이드 카드였
다.

해서 톰 힉스가 눈살을 찌푸리며 딱 잘라 말했다.

"자네가 마이애미 말린스로 이적하는 일은 없을 걸세."

그렇지만 박건은 쉽게 포기하지 않았다.

"왜 마이애미 말린스로 이적하는 것은 불가능합니까?"

"트레이드 카드가 맞지 않아."

"……."

"트레이드는 절대 간단하지 않네. 자네가 막연하게 생각하
는 것보다 훨씬 많은 변수들이 존재하는 복잡한 계산이 밑바
탕에 깔려 있거든."

톰 힉스가 설명을 더했을 때였다.

"마이애미 말린스의 잭 대니얼스 단장이 저를 영입하기 위
해서 제시한 트레이드 카드인 타이론 게레로는 약하다. 그래
서 제가 마이애미 말린스로 이적하는 것은 불가능하다. 이 말
씀이 맞습니까?"

위스키가 담긴 잔을 들어 입으로 가져가던 톰 힉스가 흠칫
했다.

'어떻게… 알았지?'

마이애미 말린스의 잭 대니얼스 단장이 박건을 영입하기 위
해서 제안한 트레이드 카드가 타이론 게레로라는 사실을 알

고 있는 것은 극소수에 불과했다.

그런데 박건은 이미 그 사실을 알고 자신을 찾아와 있었다.

'역시… 잭 대니얼스 단장과 접촉했어.'

다른 가능성은 없다고 톰 힉스가 막 판단했을 때였다.

"침묵의 의미는 긍정."

"……?"

"제 짐작이 맞았나 보군요."

박건이 덧붙인 이야기를 들은 톰 힉스의 눈살이 더욱 찌푸려졌다.

'다 알고 찾아왔으면서.'

박건과 잭 대니얼스 단장이 접촉했다고 확신하는 톰 힉스가 계속 시치미를 떼는 것으로 인해 못마땅한 표정을 지었을 때, 박건이 덧붙였다.

"그럼 브라이언 모란은 어떠십니까?"

                    *   *   *

"방금… 누구라고 했나?"

톰 힉스가 확인하기 위해 되묻자, 박건이 대답했다.

"타이론 게레로가 트레이드 카드로 약하다면 브라이언 모란은 어떠냐고 물었습니다."

타이론 게레로와 브라이언 모란.

두 선수는 모두 마이애미 말린스 소속 선수였고 불펜투수라는 공통점이 있었다.

그러나 두 선수의 보직은 달랐다.

타이론 게레로는 추격조인 반면, 브라이언 모란은 앞서고 있는 경기의 8회를 책임지는 필승조였다.

게다가 브라이언 모란은 올 시즌 평균자책점이 1점대 중반에 불과할 정도로 빼어난 활약을 선보이며 마이애미 말린스 필승조의 핵심 선수로 확실히 자리를 잡은 상태였다.

'만약 마이애미 말린스 잭 대니얼스 단장이 박건을 영입하기 위해서 트레이드 카드로 브라이언 모란을 제시한다면?'

오래 고민할 것도 없었다.

그 제안을 듣자마자 쌍수를 들고 환영하며 트레이드를 수락하리라.

그렇지만 잭 대니얼스 단장은 바보가 아니었다.

메이저리그 단장들 가운데 가장 젊은 축에 속했지만 현명하고 계산도 빨랐다.

절대 손해 보는 장사를 할 인물이 아니었다.

그럼에도 불구하고 브라이언 모란이란 선수가 탐이 나는 것은 부인할 수 없는 사실이었다.

해서 톰 힉스가 일말의 기대를 품은 채 물었다.

"혹시 잭 대니얼스 단장에게 직접 그런 이야기를 들었나?"

"그건 아닙니다. 저는 잭 대니얼스 단장과 만난 적이 없으니까요."

"잭 대니얼스 단장을 만난 적이 없다고?"

"네."

"거짓말하지 말게."

"거짓말이 아닙니다. 하늘에 맹세코 마이애미 말린스의 잭 대니얼스 단장과 만난 적도, 통화를 한 적도 없습니다."

잭 대니얼스 단장과 접촉한 적이 없다고 강하게 부인하는 박건의 눈동자는 전혀 흔들리지 않았다.

또, 목소리로 떨리지 않았다.

'진짜다.'

박건을 관찰하듯 응시하던 톰 힉스가 거짓이 아니라는 결론을 내렸다.

그 순간, 톰 힉스의 머릿속이 헝클어졌다.

'그런데 어떻게 잭 대니얼스 단장이 트레이드 카드로 타이론 게레로를 제시했다는 것을 알았던 거지?'

톰 힉스의 의문이 커진 순간, 박건이 덧붙였다.

"1 대 1 트레이드로는 브라이언 모란 영입이 불가능합니다. 그렇지만 2 대 4 트레이드라면 상황이 달라질 수도 있습니다."

　　　　　*　　　　　*　　　　　*

"생각할 틈을 주지 말고 정신없이 몰아붙여."

이용운이 조언했다.

그 조언대로 박건이 다시 입을 뗐다.

"올 시즌 뉴욕 메츠의 가장 큰 약점 중 하나는 불펜입니다. 현재의 취약한 불펜진으로는 지구 우승을 노리기 어렵습니다. 그리고 설령 운 좋게 지구 우승을 차지한다 해도 포스트 시즌에서 바로 탈락할 확률이 높습니다. 구단주님도 그 사실을 알고 계시죠?"

위스키를 한 모금 마신 후, 톰 힉스가 고개를 끄덕였다.

"물론 알고 있네."

"그래서 트레이드를 통해서 구단주님께서 보강하고자 하는 1순위는 불펜투수입니다. 그리고 첫 영입으로는… 치치 곤잘레스를 생각하고 계실 겁니다."

지금까지 지켜본 톰 힉스 구단주는 표정 관리에 능한 편이었다. 그렇지만 그런 그도 이번에는 표정 관리에 실패했다.

두 눈을 치켜뜬 톰 힉스가 놀란 목소리로 물었다.

"그걸… 어떻게 알았나?"

"고민의 결과입니다."

"고민의 결과?"

"구단주님께서는 저와 브라이언 마일스, 폴 바셋, 그리고 피터 알론소를 트레이드 시장에 내놓았습니다. 그리고 저를 포함한 네 명의 선수들을 영입하는 것에 관심을 가질 구단이 대체 어느 구단일까에 대해서 고민해 봤습니다. 그랬더니 가장 먼저 떠올랐던 구단은 콜로라도 로키스였습니다."

"왜 콜로라도 로키스 구단을 가장 먼저 떠올렸던 건가?"

"개럿 햄슨이 부상을 당했으니까요."

"⋯⋯?"

"주전 유격수 트레버 스토리의 백업 유격수였던 개럿 햄슨이 큰 부상을 당하며 올 시즌 복귀가 어려워진 만큼 콜로라도 로키스는 현재 발등에 불이 떨어진 상황일 겁니다. 주전 유격수인 트레버 스토리의 체력 부담을 덜어줄 새로운 백업 유격수가 필요한 상황이니까요. 당연히 폴 바셋에게 눈독을 들였을 것이고, 불펜진이 비교적 두터운 편인 콜로라도 로키스의 대런 스킵 단장은 트레이드 카드로 치치 곤잘레스 선수를 제시했을 것이다. 이렇게 판단했습니다."

조금 전까지 놀란 표정을 짓고 있던 톰 힉스는 충격 받은 표정으로 바뀌어 있었다.

시시각각 바뀌고 있는 톰 힉스의 표정 변화를 지켜보는 것.

꽤 흥미로웠다.

그렇지만 박건은 느긋하게 그의 표정 변화를 감상하는 대신, 이용운의 지시대로 서둘러 말을 이었다.

"아마 템파베이 레이스도 움직였을 겁니다."

"템파베이 레이스가 움직였을 거라고 판단한 이유는 뭔가?"

"템파베이 레이스는 테이블세터진의 출루율이 메이저리그 30개 구단 가운데 최하위이고, 팀득점도 역시 최하위입니다. 팀 전체의 득점력을 끌어 올리기 위해서는 테이블세터진의 출루율을 높여야 한다는 숙제를 안고 있었는데, 선구안이 좋은 편이라 출루율이 높고 베이스러닝 능력이 뛰어난 브라이언 마일스가 그들의 레이더망에 포착되었을 테니까요. 그러나 템파베이 레이스가 브라이언 마일스를 영입하기 위해서 제시한 트레이드 카드는 구단주님의 마음에 들지 않았을 겁니다."

"왜… 내 마음에 들지 않았을 거라 생각했나?"

"오스틴 메도우를 트레이드 카드로 제시했을 테니까요."

"……?"

"외야진이 포화 상태나 다름없는 뉴욕 메츠 입장에서 오스틴 메도우는 그리 매력적인 옵션이 아니었을 겁니다."

놀람, 충격, 그리고 경악.

톰 힉스의 표정이 또 한 번 바뀌었을 때, 박건이 다시 입을 뗐다.

"치치 곤잘레스의 올 시즌 평균자책점은 5점대 초반입니다.

'투수들의 무덤'이라 불리는 쿠어스 필드를 홈구장으로 사용하기 때문에 어느 정도 감안해야 할 부분이 있지만, 뉴욕 메츠로 영입했을 때 치치 곤잘레스를 과연 필승조로 활용할 수 있는가? 이 점에 대해서는 의문부호가 따라붙습니다. 게다가 치치 곤잘레스는 올해 34세로 나이도 많은 편이죠. 그런 의미에서 가장 확실한 영입은 이미 검증을 마친 최고의 불펜투수인 브라이언 모란입니다. 브라이언 모란을 영입한다면 뉴욕 메츠가 앞서고 있는 경기의 8회를 믿고 맡길 수 있으니까요."

"흥미로운 이야기로군. 아주 잘 들었네."

조금 전 경악으로 물들었던 톰 힉스의 표정.

어느새 평상시와 다름없이 담담한 신색으로 바뀌어 있었다.

"솔직히 말하면 브라이언 모란이 탐나는 것이 사실이네. 그러나 잭 대니얼스 단장은 절대 브라이언 모란을 내놓지 않을 걸세."

"세상에 절대라는 것은 없습니다."

"……?"

"그리고 트레이드는 생물입니다. 시시각각 상황은 변하기 마련이고, 트레이드를 둘러싼 계산도 바뀔 수 있습니다."

예전 이용운이 들려줬던 이야기를 인용한 효과는 있었다.

톰 힉스가 소파에서 등을 떼며 흥미를 드러냈으니까.

"그럼 어디 한번 들어나 보지. 아까 2 대 4 트레이드라면 브라이언 모란을 뉴욕 메츠로 영입하는 것이 가능할 수도 있다고 말했었지? 거기서 4에 포함되는 선수들은 누구인가?"

박건이 지체 없이 대답했다.

"똥 덩어리들입니다."

*　　　*　　　*

'똥 덩어리들이라.'

톰 힉스가 쓴웃음을 머금었다.

방금 박건이 꺼낸 표현이 과하다는 생각이 들면서도 나름 설득력이 있다는 느낌을 받았기 때문이었다.

박건, 폴 바셋, 피터 알론조, 브라이언 마일스.

이 네 선수의 공통점은 잭 니퍼트 전 단장이 뉴욕 메츠로 영입을 주도했던 선수들이었다. 그리고 또 하나의 공통점은 미겔 카브레라 감독 체제 뉴욕 메츠에서 주전 경쟁에서 밀렸던 선수들이라는 것이었다.

'처치 곤란.'

잭 니퍼트 전 단장이 갑작스레 사임한 후, 임시 단장 역할을 떠맡게 됐던 톰 힉스가 이 네 선수들을 보면서 떠올린 생각이었다.

'똥 덩어리라기보단 골칫덩이들이라고 표현하는 게 더 어울

리지 않나?'

톰 힉스가 속으로 생각하며 다시 질문을 던졌다.

"그럼 2에 포함되는 선수들은 누구인가?"

"아까 말씀드렸던 브라이언 모란과 잭 스튜어트입니다."

'잭 스튜어트?'

박건의 입에서 잭 스튜어트의 이름이 흘러나온 순간, 톰 힉스가 깍지를 끼고 있던 양손에 힘을 더했다.

브라이언 모란과 마찬가지로 뉴욕 메츠로 영입할 수 있길 내심 바라고 있었던 선수였기 때문이었다.

'잭 스튜어트는 브라이언 모란과 함께 마이애미 말린스의 필승조를 구축하고 있는 불펜투수.'

비록 브라이언 모란의 올 시즌 활약상이 워낙 뛰어나서 살짝 묻혀 버린 감이 있지만, 잭 스튜어트의 올 시즌 활약도 뛰어났다.

2점대 초반의 평균자책점을 기록하고 있었고, 불펜투수에게 중요한 지표인 승계주자 실점률 역시 무척 낮은 편이었다.

그런 잭 스튜어트가 2라는 숫자에 포함된 선수라는 것을 알고 난 후 톰 힉스의 가슴이 설레기 시작했다.

'만약 마이애미 말린스 구단의 필승조에 속해 있는 두 선수인 브라이언 모란과 잭 스튜어트를 한꺼번에 영입할 수만 있다면?'

불안한 불펜진이라는 뉴욕 메츠의 약점을 단숨에 지워 버리는 것이 가능했기 때문이었다.

그때, 박건이 다시 입을 뗐다.

"타이론 게레로와 치치 곤잘레스는 아직 확실히 검증이 끝나지 않은 불펜투수들입니다. 현재 뉴욕 메츠의 필승조에 속해 있는 세스 루고나 케일러 퍼거슨에 비해서 실력이 더 뛰어나다고 확신하기 어렵죠. 이렇게 아직 검증이 끝나지 않은 불펜투수들을 더 영입해서 불펜투수들의 양을 늘리는 것보다는 브라이언 모란과 잭 스튜어트처럼 이미 검증이 끝난 불펜투수들을 영입해서 불펜투수들의 질을 높이는 편이 뉴욕 메츠에 더 유리하다고 판단하지 않으십니까?"

'양을 늘리는 것보다 질을 높여야 한다?'

방금 박건이 꺼낸 이야기의 요지였다. 그리고 톰 힉스는 반박하지 못했다.

박건의 이야기가 모두 옳았기 때문이다.

'브라이언 모란과 잭 스튜어트를 뉴욕 메츠로 영입한다?'

단지 상상하는 것만으로도 들떴던 톰 힉스가 이내 표정을 굳혔다.

'현실성이 없잖아.'

문득 현실성이 전혀 없는 이야기란 생각이 들어서였다.

'마이애미 말린스의 잭 대니얼스 단장이 미치지 않고서야

팀의 핵심 불펜투수 두 명을 동시에 트레이드 카드로 활용할 리가 없지.'

비로소 환상에서 깨어나 정신을 차린 톰 힉스가 자신의 앞에 놓여 있는 비어버린 위스키 잔을 바라보았다.

'취했나?'

아까도 생각했듯이 박건의 이야기는 전혀 현실성이 없었다.

이렇게 현실성이 전혀 없는 이야기에 계속 귀를 기울이고 있었다는 것이 문득 한심하게 느껴졌다.

'취한 건 아냐.'

잠시 후 톰 힉스가 고개를 흔들었다.

평소 주량을 감안하면 고작 위스키 몇 잔에 취했을 리가 없었다.

'그런데 왜지?'

다시 그 이유에 대해서 고민하던 톰 힉스가 고개를 들어 박건을 바라보았다.

'말주변이 뛰어나군.'

박건이 꺼낸 이야기에는 사람의 관심을 묘하게 잡아끄는 힘이 있었다. 그래서 현실성이 없다는 생각도 하지 못한 채 지금까지 귀를 기울였던 것이었다.

"괜한 시간 낭비를 했군."

거기까지 생각이 미친 톰 힉스가 마뜩잖은 표정으로 입을 뗐다.

"왜 시간 낭비를 했다고 생각하시는 겁니까?"

"현실성이 없으니까."

"……?"

"내가 잭 대니얼스 단장이라면 현재 팀의 핵심 불펜투수인 브라이언 모란과 잭 스튜어트를 절대 동시에 트레이드 카드로 활용하지 않을 테니까."

"제 생각은 다릅니다."

'또 솔깃한 말로 날 현혹하려 하겠지. 듣지 말까?'

그래서 톰 힉스가 계속 대화를 이어갈까 여부에 대해서 고민하고 있을 때, 박건이 먼저 입을 뗐다.

"저는 충분히 현실성이 있다고 생각합니다."

"그렇게 판단한 근거가 무엇인가?"

"마이애미 말린스가 내셔널리그 동부 지구 최하위에 처져 있기 때문입니다."

생수를 한 모금 마신 후, 박건이 덧붙였다.

"현재 마이애미 말린스는 총체적인 난국이거든요."

*   *   *

"템파베이 레이스 구단이 브라이언 마일스를 영입하려는 이유는 테이블세터진을 강화해서 빈곤하기 짝이 없는 득점력을 개선하기 위함입니다. 그리고 마이애미 말린스 역시 비슷한 고민을 갖고 있습니다. 현재 마이애미 말린스의 테이블세터진을 이루고 있는 피터슨 오브라이언과 마틴 프로도의 출루율은 무척 낮은 편이니까요. 메이저리그 30개 구단 가운데 테이블세터진의 출루율이 가장 낮은 템파베이 레이스에 가려져 있긴 하지만, 마이애미 말린스 테이블세터진의 출루율은 30개 구단 가운데 28위입니다."

'참… 열심히도 준비했네.'

이용운이 알려준 대로 톰 힉스 앞에서 열심히 떠들고 있던 박건이 내심 감탄했다.

마이애미 말린스 구단 테이블세터진의 출루율이 무척 낮다는 것과 그로 인해 마이애미 말린스 타선의 득점 생산 능력이 무척 떨어진다는 사실은 박건도 잘 알고 있었다.

그러나 정확한 수치나 순위까지는 알지 못했는데.

이용운은 구체적인 수치까지 이미 조사를 마친 후였다.

"대체 언제 조사한 겁니까?"

해서 박건이 감탄하며 질문하자, 이용운에게서 대답이 돌아왔다.

"후배가 잠든 사이에."

"네?"

"후배가 코 골며 잠든 사이에 조사했다고."

"아, 네."

"지금 마주하고 있는 톰 힉스 구단주는 결코 만만한 인물이 아니야. 그런 그를 상대하려면 철저한 조사가 밑바탕이 돼야 해. 그걸 위해서는 구체적인 수치를 예로 드는 것이 최선이지."

'준비성 참 철저한 귀신이네.'

박건이 속으로 생각했을 때, 이용운이 말을 이었다.

"아직 할 이야기가 많이 남았다. 톰 힉스 구단주의 흥미가 떨어지기 전에 준비한 이야기를 마쳐야 한다."

이용운의 재촉을 들은 박건이 다시 입을 뗐다.

"마이애미 말린스의 문제점은 이게 다가 아닙니다. 약팀이 대개 그러하듯이 마이애미 말린스는 수비에 약점을 갖고 있습니다. 내야와 외야 수비가 모두 취약하기 때문에 어이없는 실책들을 범해서 역전을 허용하고 허무하게 경기를 내줄 때가 많죠. 이렇게 일일이 설명하다가 보면 끝이 없겠네요. 한마디로 말씀드리면 마이애미 말린스의 현 상황은 총체적인 난국입니다. 그런 마이애미 말린스의 유일한 강점은 불펜진입니다. 필승조 잭 스튜어트와 브라이언 모란, 그리고 클로저 브래들리 쿡으로 이어지는 마이애미 말린스의 불펜진은 메이저리그 30개 구단을 통튼다 해도 최상급입니다."

마이애미 말린스의 전력에 대해 분석을 마친 박건이 덧붙였다.

"하지만… 돼지 목에 걸린 진주 목걸이인 셈이죠."

"돼지 목에 걸린 진주 목걸이?"

톰 힉스가 표현에 흥미를 드러낸 순간, 박건이 설명했다.

"마이애미 말린스의 경우 경기 중후반까지 앞서고 있는 경기가 많지 않습니다. 그러니 리드를 확실히 지켜줄 수 있는 빼어난 불펜진을 보유하고 있다고 해도 큰 역할을 하지 못합니다. 이게 제가 마이애미 말린스의 빼어난 불펜진을 돼지 목에 걸려 있는 진주 목걸이라고 표현한 이유입니다."

일리가 있다고 판단한 걸까.

톰 힉스가 천천히 고개를 끄덕이는 것을 확인한 박건이 다시 입을 뗐다.

"콜로라도 로키스와 템파베이 레이스, 두 구단의 치명적인 약점을 마이애미 말린스는 모두 갖고 있습니다. 그리고 마이애미 말린스의 잭 대니얼스 단장 역시 이런 팀의 약점을 잘 알고 있습니다. 그런 그라면 이 치명적인 약점들을 한 번에 싹 해결할 수 있는 방법에 관심을 갖지 않겠습니까?"

"그게 2 대 4 트레이드다?"

"그렇습니다."

박건이 수긍하며 설명을 더했다.

"폴 바셋은 화려하지는 않지만 건실하고 안정적인 수비를 펼치는 유격수입니다. 마이애미 말린스가 안고 있는 내야 수비의 문제점을 해결해 줄 수 있는 훌륭한 옵션이죠. 그리고 브라이언 마일스와 저는 출루율이 무척 낮은 마이애미 말린스의 테이블세터진을 대체할 수 있는 옵션입니다. 마지막으로 저와 피터 알론소는 마이애미 말린스의 또 다른 치명적 약점이라 할 수 있는 허약한 외야 수비를 단숨에 탄탄하게 바꿀 수 있는 무척 괜찮은 옵션입니다."

박건이 길었던 설명을 마치고 톰 힉스의 반응을 살폈다.

빈 잔을 손에 쥔 채 한참 생각에 잠겨 있던 톰 힉스가 침묵을 깼다.

"또 끝까지 귀를 기울이며 듣고 말았군."

'내가 원했던 반응이 아니다?'

톰 힉스가 냉소를 떠올리고 있는 것을 확인하고 박건이 살짝 당황했을 때였다.

"자넨 야구선수가 아닌 영업을 했어도 성공했을 거야. 그런데 자네가 한 가지 간과한 것이 있네."

"제가 간과한 것이 뭡니까?"

"메이저리그 구단 단장들의 생리네."

"……?"

"단장이 트레이드를 앞두고 가장 먼저 생각하는 것은… 팀의 약점을 보완하는 것이네. 그런데 팀의 약점을 보완하는 것 못지않게 중요하게 생각하는 것이 있네. 그게 뭔지 아나? 바로 팀의 강점을 지키는 것이네. 즉, 팀의 강점을 지키면서 약점을 보완하려고 하는 것이 단장들의 생리라네. 그런데 마이애미 말린스의 잭 대니얼스 단장이 팀의 유일한 강점이라고 할 수 있는 불펜진을 붕괴시키면서까지 트레이드에 나설까? 내 판단이 틀리지 않다면 잭 대니얼스 단장은 그러지 않을 걸세."

'이거였구나.'

비로소 톰 힉스에게서 돌아온 반응이 기대와 달랐던 이유를 알게 된 박건이 더욱 당황했을 때였다.

"이미 예상했던 반응이다."

이용운은 박건과 달랐다.

전혀 당황한 기색이 아니었다.

여전히 침착한 목소리로 덧붙였다.

"단장의 생리? 흥, 말은 그럴듯하지만 한마디로 도둑놈 심보인 셈이지."

*　　　　*　　　　*

'도둑놈 심보라.'

박건이 하마터면 실소를 터뜨릴 뻔했던 것을 간신히 참았다.

'딱 어울리는 표현이네.'

조금 전 이용운이 입 밖으로 내뱉었던 도둑놈 심보라는 표현.

무척 적절한 비유라는 생각이 들었다.

하나를 얻으면 하나를 내주는 것.

이게 세상의 이치였다.

그런데 팀의 강점을 지키면서 약점을 보완하는 것이 가능할 리 없었다.

그러나 문제는 뉴욕 메츠의 톰 힉스와 마이애미 말린스의 잭 대니얼스 단장이 모두 이런 도둑놈 심보를 갖고 있다는 점이었다.

'이래서 트레이드가 어렵구나.'

이런 도둑놈 심보를 갖고서 협상에 임하는데 트레이드가 술술 진행될 리가 없었다.

그래서 박건이 톰 힉스를 만난 것이 무소용이었다고 막 판단했을 때였다.

"내 말을 전해라."

이용운이 지시했다.

'이미 상황은 끝난 것 같은데.'

더 이상 대화에 흥미를 드러내지 않는 톰 힉스의 반응을 확인한 박건이 속으로 생각하며 시키는 대로 입을 열었다.

"팀의 강점을 지킬 수 있다는 확신을 심어줄 수 있는 대체자원이 있다면 상황은 또 달라집니다."

"대체자원이 없지 않은가?"

이용운이 제안했던 2 대 4 트레이드.

4에 속한 선수들 가운데 투수는 없었다.

그 사실을 잘 알고 있는 톰 힉스가 의아한 표정을 지었을 때, 박건이 덧붙였다.

"대체자원이 있습니다."

"그 대체자원이 누군가?"

박건이 대답을 미루었다.

대체자원이 누구인지 모르는 것은 박건도 마찬가지이기 때문이었다.

"그 대체자원이 대체 누굽니까?"

해서 박건이 질문하자, 이용운이 대답했다.

"너."

"네?"

"후배가 대체자원이다."

'내가 대체자원이다?'

얼떨떨한 표정을 짓던 박건이 아까부터 대답을 기다리고 있는 톰 힉스 구단주를 발견하고 입을 뗐다.

"제가 대체자원입니다."

*　　　　　*　　　　　*

"꼭 청우 로열스가 치르는 한국시리즈 경기를 지켜보는 것처럼 떨리네요."

뉴욕 메츠와 워싱턴 내셔널스의 3연전 마지막 경기가 열리는 시티 필드를 찾아온 송이현이 감회를 밝혔다.

"저도 마찬가지입니다."

"제임스도 마찬가지라고요?"

"네, 이 한 경기에 박건 선수 재영입이 달려 있으니까요."

제임스 윤의 이야기를 들은 송이현이 천천히 고개를 끄덕였다.

박건을 청우 로열스로 재영입할 수 있는 가능성은 여전히 남아 있었다.

그렇지만 구체적인 확률까지는 알 수 없었다.

송이현이 미국에 건너온 후 워낙 상황이 급박하게 전개되고 있었기 때문이었다.

'90% 이상.'

톰 힉스 구단주를 만나기 위해 미국으로 향하던 비행기 안에서 송이현이 판단했던 박건의 재영입 가능성이었다.

그러나 지금은 그 가능성이 많이 하락해 있었다.

"제임스가 보기에는 박건 선수를 청우 로열스로 재영입할 수 있을 가능성이 얼마나 되는 것 같아요?"

"70%입니다."

"70%요?"

"네."

"방금 내가 물은 건 박건 선수를 청우 로열스로 재영입하지 못할 확률이 아니라 재영입에 성공할 확률을 물은 것이었어요."

혹시나 제임스 윤이 질문을 잘못 이해했던 게 아닐까 하는 우려가 들어서 송이현이 다시 말했다.

그렇지만 제임스 윤의 대답은 바뀌지 않았다.

"제대로 알아들었습니다."

"그런데도 70%다?"

"맞습니다."

"내가 막연히 예상했던 것보다 확률이 많이 높네요."

송이현의 표정이 밝아졌다.

거의 물 건너갔다고 판단했던 박건의 재영입에 성공할 수도 있다는 생각이 들어서였다.

"왜 그렇게 판단하는 거죠?"

송이현이 그렇게 판단한 근거를 묻자, 제임스 윤이 대답했다.

"근거는 빌 머레이입니다."

"빌 머레이가… 누군데요?"

"저와 친분이 있는 메이저리그 스카우터입니다. 현재 필라델피아 필리스 구단 소속 스카우터로 일하고 있습니다. 그리고 빌 머레이는 박건 선수에게 관심이 많습니다."

"왜 박건 선수에 대한 관심이 많죠?"

"박건 선수를 필라델피아 필리스로 영입하고 싶어 하거든요."

"그럼……?"

"하지만 필라델피아 필리스 구단의 단장이 박건 선수를 영입하자는 빌 머레이의 의견을 수용하지 않고 있습니다. 그래서 박건 선수가 필라델피아 필리스 구단 소속 선수가 되는 것은 무산됐죠."

제임스 윤의 이야기를 들은 송이현이 의문을 느끼고 입을 뗐다.

"제임스의 말대로라면 박건 선수가 필라델피아 필리스 구단으로 이적할 가능성은 제로인 거잖아요."

"가능성이 제로는 아닙니다."

"하지만 방금 전에……."

"야구 판에서 절대 일어나지 않는다고 확신할 수 있는 일은 없으니까요. 다만 가능성이 극히 낮은 것은 사실입니다."

제임스 윤의 부연을 들은 송이현이 납득한 표정으로 다시 질문했다.

"좋아요. 정정할게요. 제임스의 말대로라면 박건 선수가 필라델피아 필리스 구단으로 이적할 가능성은 지극히 낮아요. 그럼 빌 머레이라는 스카우터도 박건 선수에게 관심을 거둬들여야 맞는 것 아닌가요?"

"원래라면 캡틴의 말씀이 맞습니다."

"원래라면?"

"그럼에도 불구하고 빌 머레이가 박건 선수에 대한 관심을 거둬들이지 않고 계속 유지하고 있는 데는 나름의 이유가 있습니다."

"어떤 이유죠?"

"박건 선수를 좋아합니다."

"빌 머레이라는 스카우터가 박건 선수를 좋아한다? 그래서 박건 선수에 대한 관심을 유지하고 있다?"

"맞습니다."

"왜요?"

송이현의 의문이 커졌다.

─누군가를 좋아하는 데 꼭 무슨 이유가 필요한 것은 아니다.

로맨스 영화나 드라마에 자주 등장하는 대사였다.

그렇지만 빌 머레이라는 필라델피아 필리스 구단 소속 스카우터가 박건을 좋아한다는 것은 잘 납득이 가지 않았다.

너무 뜬금없단 생각만 들었다.

이런 송이현의 속내를 알아챘을까.

제임스 윤이 희미한 웃음을 머금은 채 부연했다.

"좀 더 정확히 말하면 박건 선수가 가진 스토리를 좋아하는 겁니다."

"박건 선수의… 스토리요?"

"매력적이거든요."

'매력적이다?'

그 말을 속으로 되뇌던 송이현이 힘껏 고개를 끄덕였다.

'굴곡 많은 선수 생활.'

박건의 선수 생활은 결코 순탄치 않았다.

굴곡이 많았기 때문에 박건이 메이저리그라는 세계 최고의 무대에서 생존한다면, 그리고 생존을 넘어 성공을 거둔다면 큰 화제가 될 것이었다.

미국에서 유학한 송이현은 미국인들이 이런 성공 스토리에 목말라 하고 있다는 사실을 잘 알고 있었다.

그때, 제임스 윤이 다시 입을 뗐다.

"빌 머레이가 박건 선수의 거취에 관심을 갖고 있는 데는 한 가지 이유가 더 있습니다."

"또 무엇이죠?"

"박건 선수가 부탁했습니다."

"박건 선수가 빌 머레이에게 부탁을 했다고요?"

"네, 먼저 빌 머레이와 박건 선수가 어떻게 알고 있는 사이 인가에 대해서 설명을 드려야겠군요. 일전에 미국을 방문했을 때, 제가 두 사람을 소개시켜 줬습니다. 그리고 저는 그날의 만남을 끝으로 두 사람의 관계가 더 이상 이어지지 않을 거라 예상했습니다. 그런데 제 예상이 빗나갔습니다. 박건 선수가 먼저 빌 머레이에게 연락했으니까요."

"박건 선수가 빌 머레이라는 스카우터에게 먼저 연락을 했 다?"

"네. 빌 머레이를 만나서 부탁을 했다고 하더군요."

"박건 선수가 뭘 부탁했던 거죠?"

"트레이드 정보를 알려달라고 부탁했다고 합니다."

"그걸 왜……?"

"저도 정확한 이유까지는 모릅니다. 다만… 짐작이 가는 이 유는 있습니다."

"그 짐작 가는 이유가 대체 뭐죠?"

"생존입니다."

"생존… 이요?"

"박건 선수는 메이저리그에서 도전을 이어나가기 위해서 나름의 생존법을 필사적으로 찾고 있는 것 같습니다. 그런데… 아까도 말씀드렸듯이 박건 선수가 메이저리그에서 도전을 이어나갈 수 있는 확률은 낮은 편입니다."

'30%!'

박건이 메이저리그에서 도전을 이어나가기 위해서는 트레이드를 통해 타 구단으로 이적해야 했다. 그러나 30%라는 낮은 확률이 트레이드를 통한 박건의 타 구단 이적이 쉽지 않다는 증거였다.

"빌 머레이는 박건 선수의 트레이드에 가장 적극적인 구단이 애틀랜타 브레이브스라고 말했습니다. 그렇지만 박건 선수가 애틀랜타 브레이브스로 이적하는 것은 현실적으로 어렵습니다. 톰 힉스 구단주가 지구 우승을 두고 뉴욕 메츠와 다투는 경쟁 팀인 애틀랜타 브레이브스로 박건 선수를 트레이드할 확률은 극히 낮으니까요. 그런 이유로 애틀랜타 브레이브스를 제외하면 박건 선수의 이적이 가능한 팀은 단 한 곳뿐입니다."

"거기가 어디죠?"

"마이애미 말린스입니다."

"마이애미 말린스!"

송이현이 마이애미 말린스라는 구단명을 작게 되뇌고 있을 때였다.

"그렇지만 박건 선수가 마이애미 말린스로 이적하는 것도 결코 쉽지 않습니다. 그래서 더 궁금합니다."

"뭐가 궁금하단 거죠?"

제임스 윤이 두 눈을 빛내며 대답했다.

"박건 선수가 메이저리그에서 생존하기 위해서 오늘 경기를 앞두고 준비한 패가 대체 무엇인지가 말입니다."

*　　　　*　　　　*

뉴욕 메츠와 워싱턴 내셔널스의 3연전 마지막 경기.

어빙 산타나 VS 패트릭 커빈.

나란히 팀의 3선발을 맡고 있는 선발투수들이 맞대결을 펼쳤다.

경기를 앞두고 그라운드에서 몸을 풀던 박건이 아직 빈자리가 많은 시티 필드 관중석을 향해 시선을 던졌을 때였다.

"먹힌 것 같다."

이용운이 불쑥 말했다.

"뭐가 먹힌 것 같단 말씀이십니까?"

박건이 의아한 표정으로 질문하자, 이용운에게서 대답이 돌아왔다.

"내 말빨 말이다."

"……?"

"톰 힉스 구단주가 내 말빨에 넘어간 것 같다."

이용운이 확신에 찬 목소리로 덧붙였다.

"정말… 그럴까요?"

그렇지만 박건은 못미더운 표정을 지었다.

"팀의 강점을 지킬 수 있다는 확신을 심어줄 수 있는 대체자원이 있다면 상황은 또 달라집니다. 그리고 제가 그 대체자원입니다."

박건은 톰 힉스 구단주와 직접 대화를 나누었던 장본인.

본인을 대체자원이라고 밝혔을 때, 톰 힉스가 짓고 있던 영 마뜩잖은 표정을 박건은 놓치지 않았었다.

그러나 이용운은 본인의 주장을 굽히지 않았다.

"톰 힉스 구단주는 내 말빨에 넘어갔다니까."

"그걸 어떻게 확신하십니까?"

"증거가 있으니까."

"무슨 증거요?"

"미겔 카브레라 감독."

이용운은 미겔 카브레라 감독이 증거라고 주장했다.

그 이야기를 들은 박건이 더그아웃 쪽으로 고개를 돌렸다.

더그아웃 감독석에 앉아서 선수들이 그라운드에서 몸을

푸는 장면을 지켜보고 있는 미겔 카브레라 감독의 표정은 밝지 않았다.

아니, 단순히 표정이 어두운 게 다가 아니라 똥 씹은 표정이었다.

4연승을 달리고 있는 팀의 감독에 어울리는 표정은 절대 아니었다.

박건이 그런 미겔 카브레라 감독을 응시하고 있을 때, 이용운이 설명을 더했다.

"미겔 카브레라 감독이 보다시피 똥 씹은 표정을 짓고 있는 이유는 내키지 않는 지시를 받아서다. 그리고 미겔 카브레라 감독에게 그런 지시를 내릴 수 있는 사람은 딱 한 명뿐이지. 바로 톰 힉스 구단주다."

'어쩌면 선배님의 말씀이 맞을 수도 있겠구나.'

박건이 속으로 생각하면서 작게 혼잣말을 꺼냈다.

"오늘이 마지막 경기."

송이현 단장이 뉴욕으로 건너와 톰 힉스 구단주와 협상을 벌인 덕분에 박건은 쇼케이스 기회를 얻었다.

이용운이 예측한 쇼케이스 일정은 다섯 경기.

오늘이 그 다섯 경기 중 마지막 경기였다.

'지금까지는… 잘했어.'

박건이 스스로 내린 지난 네 경기에 대한 평가였다.

이제 마지막 단추를 실수 없이 꿰는 것만 남아 있었다.

그렇지만 아직 안심하기는 일렀다.

오늘 경기에서 박건이 수행해야 할 미션들이 무척 많았기 때문이었다.

'내가 미션들을 다 해낼 수 있을까?'

이용운이 알려준 미션들을 박건이 하나씩 속으로 되뇌고 있을 때였다.

"후배의 말대로 오늘이 뉴욕 메츠 소속 선수로 출전하는 마지막 경기가 될 확률이 높다."

이용운이 말했다.

'그런 뜻이 아니었는데.'

그 이야기를 들은 박건이 살짝 당황했을 때였다.

"메이저리그에서 계속 도전을 이어나가느냐? KBO 리그로 복귀하느냐? 오늘 경기가 끝나고 나면 후배의 미래가 결정 날 것이다."

잠시 후 이용운이 웃으며 덧붙였다.

"초전 박살, 잊지 마라."

제3장

어빙 산타나가 1회 초를 삼자범퇴로 깔끔하게 마무리한 후, 뉴욕 메츠의 1회 말 공격이 시작됐다.

'잘해라.'

패트릭 커빈을 상대하기 위해서 타석으로 걸어가고 있는 브라이언 마일스를 지켜보던 박건이 속으로 응원했다.

2 대 4 트레이드.

이용운이 톰 힉스 구단주에게 제시했던 트레이드 해법이었다. 그리고 이 해법이 먹혀들기 위해서 가장 중요한 것은 박건의 활약이었다.

그렇지만 박건 혼자서 맹활약하는 것으로는 역부족이었다.

4에 포함된 나머지 선수들의 활약도 필요했다.

그래서 박건이 내심 응원하고 있을 때, 타석에 들어선 브라이언 마일스는 패트릭 커빈의 초구를 공략했다.

따악.

경쾌한 타격음과 함께 뻗어 나간 타구는 우중간으로 향했다.

우중간을 정확히 반으로 가른 빠른 타구는 펜스까지 굴러갔고, 브라이언 마일스는 여유 있게 2루에 안착했다.

무사 2루에서 타석에 들어선 2번 타자 로빈슨 카노는 타석에서 한 번도 배트를 휘두르지 않았다.

가만히 타석에 서서 공을 지켜보고 있다가 스트레이트볼넷을 얻어내서 1루로 걸어 나갔다.

'제구가 뜻대로 안 돼.'

대기타석을 향해 걸어가던 박건이 속으로 생각했다. 그리고 이용운의 의견도 마찬가지였다.

"패트릭 커빈의 올 시즌 성적은 2승 4패. 올 시즌을 앞두고 워싱턴 내셔널스가 거액을 들여 영입했지만, 기대에는 한참 미치지 못하는 성적이다. 그리고 패트릭 커빈이 부진한 이유는 영점 조준이 안 되기 때문이다."

패트릭 커빈의 직구 평균 구속은 93마일.

메이저리그 평균 수준으로 파이어볼러 유형의 투수와는 거리가 멀었다.

정교한 제구를 바탕으로 다양한 유인구를 던지며 타자와 상대하는 유형이었다. 그런데 제구가 마음먹은 대로 되지 않는 탓에 올 시즌 고전하고 있는 것이었다.

그리고 패트릭 커빈은 뉴욕 메츠의 3번 타자 미구엘 콘포토를 상대로도 쉽게 승부하지 못했다.

8구까지 이어진 승부.

풀카운트에서 패트릭 커빈이 9구째 공을 던졌다.

슈악.

패트릭 커빈이 승부구로 선택한 공은 커브였다.

타자의 타이밍을 완벽히 빼앗는 데 성공했기에 미구엘 콘포토는 배트를 내밀지 못하고 움찔한 것이 다였다.

그렇지만 너무 높았다.

"볼넷."

무척 길었던 승부 끝에 패트릭 커빈이 미구엘 콘포토에게도 볼넷을 허용하면서 무사만루로 상황이 바뀌었다.

"자, 기회가 왔다."

박건이 천천히 타석을 향해 걸어갈 때, 이용운이 상기된 목소리로 말했다.

"초전 박살."

이용운이 오늘 경기를 앞두고 계속 강조했던 부분이었다. 그리고 1회부터 패트릭 커빈을 무너뜨릴 기회가 찾아와 있었다.

스윽.

타석에 들어선 박건이 가장 먼저 한 일은 마운드에 서 있는 패트릭 커빈의 표정을 살피는 것이었다.

경기 초반부터 대량 실점을 허용할 위기에 처해서일까.

패트릭 커빈은 포커페이스를 유지하지 못하고 있었다.

초조한 기색을 감추지 못하던 패트릭 커빈이 포수와 신중하게 사인을 교환한 후 투구 동작에 돌입했다.

'구종 예측이 없다. 지켜보자는 뜻.'

이용운이 구종 예측을 하지 않은 이유는 충분히 짐작할 수 있었다.

경기 초반에 패트릭 커빈의 제구가 마음먹은 대로 되지 않는 상황이니 초구는 그냥 지켜보자는 뜻이었다.

그러나 박건의 판단은 달랐다.

슈악.

패트릭 커빈이 박건을 상대로 던진 초구는 커브.

살짝 높게 형성된 커브가 홈플레이트를 통과하기 직전, 박건의 배트가 힘차게 돌아갔다.

따악.

경쾌한 타격음과 함께 타구는 좌익수 방면으로 날아갔다.

라인드라이브성 타구를 좌익수가 열심히 쫓았지만 역부족이었다.

박건의 타구는 좌익수의 키를 훌쩍 넘기고 펜스를 직격했다.

'아쉽다.'

타구를 살피던 박건이 간발의 차로 홈런이 되지 않은 것을 확인하고 못내 아쉬움을 느끼면서 주자의 움직임을 살폈다.

타닷.

타다닷.

루상을 가득 채우고 있던 주자들은 일찌감치 타구 판단을 내리고 스타트를 끊은 상황이었다.

'3루에서 멈췄다.'

1루 주자였던 미구엘 콘포토가 3루에서 멈춘 것을 확인한 박건이 천천히 속도를 줄이며 여유 있게 2루로 들어갔다.

2-0.

무사만루의 득점 찬스에서 4번 타자 박건의 적시 2루타가 나오면서 뉴욕 메츠가 2점을 선취했다. 그리고 무사 2, 3루의 추가 득점 찬스가 이어지고 있었다.

'잘해라.'

5번 타자로 출전한 피터 알론소 역시 4에 포함된 일인(一人).

해서 박건이 타석에 들어선 5번 타자 피터 알론소를 응원하기 시작했을 때였다.

"타임."

경기 초반부터 제구 난조를 겪으며 흔들리는 패트릭 커빈을 진정시키기 위해서 워싱턴 내셔널스의 투수코치가 마운드를 방문했다.

"왜 안 기다렸지?"

박건이 2루 베이스 위에 올라선 채 아까와 달리 관중들이 꽉 들어차 있는 시티 필드 관중석을 둘러보고 있을 때, 이용운이 물었다.

"초구를 노리기로 결심하고 타석에 들어섰습니다."

"하지만……."

"패트릭 커빈의 제구가 흔들리는 것을 봤는데 초구는 그냥 지켜보는 게 맞지 않느냐? 이 말씀을 하시려는 거죠?"

"그래. 맞다."

이용운이 순순히 대답한 순간, 박건이 다시 입을 뗐다.

"저도 메이저리그에서 뛰고 있으니까요."

"응?"

"3볼 노스트라이크에서 과감하게 스윙을 할 정도로 메이저리그 타자들은 공격적인 성향이 강했습니다. 저도 이제 메이저리그에서 뛰고 있으니까 타석에서 좀 더 공격적인 성향을 보여주기로 결심했습니다."

"……."

"역시 안 믿으시네요."

박건이 쓴웃음을 머금은 채 진짜 이유를 밝혔다.

"실은 분석을 해봤습니다."

"어떤 분석?"

자신과 분석이란 단어가 어울리지 않는다고 생각하기 때문일까.

이용운이 당황한 목소리로 물었다.

"제가 타석에서 안타를 때려냈던 상황에 대해서 분석했습니다."

"분석이 그리 어렵진 않았겠구나."

"왜 분석이 어렵지 않았을 거라고 말씀하시는 겁니까?"

"후배가 안타를 몇 개 때려내지 못했으니까."

박건이 와락 표정을 일그러뜨렸다.

마음 같아서는 반박하고 싶었지만, 팩트는 팩트였다.

'쩝.'

그래서 반박하는 대신 입맛을 다신 박건이 다시 말을 이었다.

"어쨌든 제가 분석을 해보니 타석에서 2구 이내에 투수의 공을 공략했을 때가 2구 이후에 투수의 공을 공략했을 때보다 안타가 된 확률이 훨씬 더 높았습니다. 그래서 가능하면 2구 이내에 투수의 공을 공략하자. 이렇게 마음을 먹고 타석에 들어섰었습니다."

"나쁘지… 않았다."

박건이 분석을 통해 준비해 온 노림수가 마음에 든 걸까.

이용운은 나쁘지 않았다는 평가를 내렸다.

그렇지만 이제 박건은 잘 알고 있었다.

이 정도면 이용운이 극찬을 했다는 사실을.

그래서 박건이 환하게 웃었을 때였다.

"그런데… 초구로 커브가 들어올 것은 어떻게 알았느냐?"

이용운이 다시 질문을 던졌다.

그 질문을 들은 박건이 솔직히 대답했다.

"몰랐습니다."

"몰랐다고?"

"네."

"그런데 어떻게 2루타를 때려낼 수 있었느냐?"

"그냥… 실투를 노렸습니다."

"실투를 노렸다?"

"패트릭 커빈의 제구가 안 되는 상황이니까 실투가 나오지 않을까? 이렇게 기대하고 있었는데 마침 실투가 나왔습니다."

조금 전 타석에서의 상황을 복기하며 박건이 대답했다.

패트릭 커빈이 자신을 상대로 던졌던 초구 커브.

조금 높았던 데다가 가운데로 몰리기도 했었다.

명백한 실투.

그리고 박건은 그 실투를 놓치지 않았던 것이었다.

"그렇지만……."

이걸로는 설명이 부족하다고 느낀 걸까.

이용운은 만족한 기색이 아니었다.

그 사실을 눈치챈 박건이 다시 입을 열었다.

"군이 이유를 찾자면 노림수가 맞아떨어진 것 같습니다."

"하지만 아까 분명히 수 싸움은 안 했다고 말했는데."

"수 싸움을 아예 안 한 것은 아니었습니다. 어떻게 표현하면 될까요? 음… 대충 했다고 표현하는 게 그나마 적당할 것 같습니다."

박건이 신중하게 단어를 고르며 대답했다.

"대충 수 싸움을 했다?"

"네."

"좀 더 자세히 말해봐."

"직구와 브레이킹볼, 둘로 나눴습니다. 제가 포커스를 맞춘 것은 브레이킹볼이었죠. 그러니까 직구가 들어오면 깔끔하게 타격을 포기하고, 브레이킹볼 계열의 공이 들어오면 공략하자. 이렇게 대충 수 싸움을 했던 겁니다."

박건이 설명을 마쳤음에도 이용운에게서는 아무 반응도 돌아오지 않았다.

'이걸로도 설명이 부족한가?'

그 침묵을 설명이 부족해서라고 해석한 박건이 서둘러 부연했다.

"어쩌면 염원 때문이었을 수도 있습니다."

"염원… 이라니?"

"오늘 경기 결과에 따라서 내 야구 인생이 백팔십도 달라진다. 무슨 수를 써서라도 타석에서 좋은 타구를 만들어서 초전 박살에 성공해야 한다. 이런 염원을 갖고 타석에 임했기 때문에 2루타를 때려낼 수 있었던 것 같습니다."

"나쁘지 않구나."

이용운이 재차 극찬한 순간, 마운드를 방문했던 워싱턴 내셔널스의 투수코치가 더그아웃으로 돌아갔다.

재개된 피터 알론소와 패트릭 커빈의 대결.

슈악.

따악.

피터 알론소 역시 패트릭 커빈의 초구를 공략했다.

우익수 방면으로 날아간 타구는 정확한 타이밍에 배트에 맞았지만, 아쉽게도 배트 끝부분에 걸리며 더 멀리 뻗지 못했다.

침착하게 타구를 쫓아간 우익수가 펜스 앞에서 타구를 잡아냈다.

타닷.

타다닷.

그 순간, 3루 주자인 미구엘 콘포토와 2루 주자였던 박건이 동시에 태그업을 시도했다.

"세이프."

타구를 잡은 우익수의 선택은 홈송구가 아닌 3루로 송구하는 것이었지만, 박건은 여유 있게 세이프 판정을 받았다.

3—0.

피터 알론소의 희생플라이가 나오면서 뉴욕 메츠는 추가점을 올리는 데 성공했다.

1사 3루로 바뀐 상황에서 타석에는 6번 타자 폴 바셋이 등장했다. 그리고 폴 바셋은 패트릭 커빈과 신중하게 승부했다.

3볼 1스트라이크 상황에서 패트릭 커빈이 5구째 공을 던졌다.

슈아악.

따악.

가운데로 몰린 직구를 폴 바셋이 가볍게 받아 쳤다.

투수의 곁을 빠르게 스치고 지나간 폴 바셋의 타구가 외야로 빠져나갔다.

4—0.

그사이 3루 주자였던 박건마저 홈으로 파고들며 뉴욕 메츠는 일찌감치 승기를 잡는 데 성공했다.

*   *   *

2회 말 뉴욕 메츠의 공격.

선두타자인 투수 어빙 산타나를 삼구삼진으로 처리했지만, 패트릭 커빈은 2회에도 제구 난조를 드러냈다.

1볼 2스트라이크.

1사 주자 없는 상황에서 타석에 들어선 브라이언 마일스를 상대로 유리한 볼카운트를 선점한 패트릭 커빈은 4구째로 몸쪽 싱커를 던졌다.

슈악.

그렇지만 제구가 되지 않으며 너무 깊었다.

퍽.

1번 타자 브라이언 마일스에게 몸에 맞는 공을 허용하며 패트릭 커빈은 위기를 자초했다.

슈악.

딱.

2번 타자 로빈슨 카노를 내야뜬공으로 처리하며 두 번째 아윗카운트를 잡아내는 데 성공했지만, 3번 타자 미구엘 콘포토에게 다시 볼넷을 허용했다.

2사 1, 2루로 바뀐 상황에서 박건이 오늘 경기 두 번째 타석에 들어섰다.

슈악.

"볼."

초구 슬라이더가 크게 빠지며 볼 판정을 받자 패트릭 커빈은 마음에 들지 않는다는 표정으로 2구째 공을 던졌다.

슈아악.

패트릭 커빈이 선택한 구종은 직구였다.

스트라이크를 넣어야 한다는 강박 때문일까.

가운데로 몰린 직구를 확인한 박건이 힘껏 배트를 휘둘렀다.

따악.

묵직한 타격음이 흘러나왔다.

높은 포물선을 그리며 쭉쭉 뻗어 나가는 타구를 쫓아가던 중견수가 도중에 포기했다.

박건의 타구는 외야 펜스 중단에 떨어졌다.

7—0.

박건의 큼지막한 스리런홈런이 터지면서 뉴욕 메츠가 추가점을 올렸다.

＊　　　＊　　　＊

12—2.

8회 초 워싱턴 내셔널스의 공격이 끝났을 때의 경기 스코어였다.

오늘 경기에 4번 타자로 출전해서 5타수 3안타를 기록한 박건이 더그아웃을 둘러보았다.

큰 점수 차로 앞서며 스윕을 목전에 두고 있기 때문일까.

더그아웃 분위기는 여유가 넘쳤다.

모두 웃고 떠드는 분위기.

그렇지만 빛이 있으면 어둠이 있듯이 더그아웃 내에 표정이 어두운 이들도 존재했다.

페테르 알론조와 아사메드 로사리오, 윌슨 라모스, 브랜든 니모.

이 네 선수들은 딱딱하게 표정을 굳히고 있었다.

포지션 경쟁자라 할 수 있는 박건과 폴 바셋, 피터 알론소, 브라이언 마일스가 경기 내에서 맹활약을 펼치고 있었기 때문이었다.

그렇지만 가장 표정이 어두운 사람은 따로 있었다.

바로 미겔 카브레라 감독이었다.

'확실히… 정상은 아니야.'

5연승을 목전에 둔 팀의 감독이 아니라 5연패를 목전에 둔 팀의 감독처럼 무척 표정이 어두운 미겔 카브레라 감독을 응시하던 박건이 절레절레 고개를 흔들었을 때였다.

스윽.

마침 고개를 돌린 미겔 카브레라 감독과 박건의 시선이 부딪쳤다.

박건과 시선이 부딪치자마자 미겔 카브레라 감독은 인상을 팍 구겼다.

'왜 저래?'

그 표정 변화를 확인한 박건도 눈살을 찌푸렸다.

방귀 뀐 놈이 성낸다는 표현이 딱 어울리는 상황이란 생각이 들었기 때문이었다.

그때 이용운이 말했다.

"후배가 이해해라. 지금 미겔 카브레라 감독은 폭발 일보 직전인 상황이니까."

"왜요?"

"내키지 않는 지시를 따라야 하게 됐거든."

"……?"

"톰 힉스 구단주의 지시 말이다."

"그럼……?"

박건이 두 눈을 빛낸 순간, 이용운이 덧붙였다.

"9회 초에 후배가 마운드에 오를 것이다."

*　　　　*　　　　*

점수 차가 크게 벌어진 경우, 경기 후반에 불펜투수가 아닌 야수를 마운드에 올리는 경우가 간혹 존재했다.

불펜투수를 아끼기 위한 선택.

또, 경기장을 찾아와 준 팬들에게 볼거리를 선사하기 위한 일종의 이벤트이기도 했다. 그리고 이용운이 노렸던 게 바로 이것이었다.

"내일 경기에서 점수 차가 크게 벌어지면서 일찌감치 승패가 결정 난다면 제가 마운드에 오르고 싶습니다."

톰 힉스 구단주와 면담하던 도중에 이용운이 요구했던 것이었다.

당시 톰 힉스는 의아한 표정을 지었다.

대체 왜 이런 요구를 하는지 전혀 이해를 못 한 기색이었다. 그렇지만 이용운이 그런 요구를 한 데는 분명한 이유가 있었다.

"박건이 브라이언 모란과 잭 스튜어트의 대체자원이 될 수 있다."

이 사실을 마이애미 말린스 잭 대니얼스 단장에게 알려주기 위해서였다.

"마음의 준비를 해라."

마침내 때가 됐다는 판단을 내린 이용운이 지시했을 때였다.

"많이 아쉽네요."

박건이 아쉬운 기색을 드러냈다.

"왜 아쉽다는 것이냐?"

"한 차례 더 타석에 들어서고 싶었거든요."

그 대답을 들은 이용운이 비로소 박건이 아쉬움을 드러내고 있는 이유를 알아냈다.

5타수 3안타, 5타점.

박건은 오늘 경기에서 3개의 안타를 몰아쳤다.

첫 타석에서는 2루타, 두 번째 타석에서는 스리런홈런, 세 번째 타석에서는 단타를 때려냈다.

이미 타석에서 충분하다고 해도 과언이 아닐 정도로 좋은 활약을 펼친 상황.

그럼에도 불구하고 박건이 아쉬움을 드러내면서 한 차례 더 타석에 들어서고 싶다는 욕심을 부리는 이유는 사이클링히트 때문이었다.

만약 한 차례 더 타석에 들어서서 3루타를 때려낸다면?

박건은 이전에 아쉽게 놓쳤던 대기록인 사이클링히트를 달성할 수 있었다.

"이상하리만치 사이클링히트와는 인연이 닿질 않네요."

잠시 후 박건이 아쉬움 가득한 목소리로 꺼낸 이야기를 들은 이용운이 고개를 끄덕였다.

시범경기부터 시작해서 박건에게는 여러 차례 사이클링히트라는 대기록을 달성할 기회가 있었다. 그렇지만 계속 사이클링히트 달성을 목전에 두고 무산되길 반복했다.

"아쉬운 마음은 알겠지만 다음 기회로 미루자."

"……."

"일단 메이저리그에서 도전을 이어나갈 기회를 얻는 게 더 급선무이니까."

지금 박건에게는 사이클링히트라는 대기록을 달성하는 것보다 9회 초 수비에 마운드에 오르는 것이 더 필요했다. 그래서 이용운이 박건의 마음을 달래주기 위해서 애쓰고 있을 때, 투수코치가 다가왔다.

"박건, 9회 초에 마운드에 오른다."

12—2.

전광판의 스코어를 응시하던 송이현이 입을 뗐다.

"이제 확률이 더 줄었겠네요."

뉴욕 메츠의 승리가 거의 확정된 상황.

5연승을 목전에 두고 있는 뉴욕 메츠 홈 팬들의 표정은 밝았다. 그렇지만 송이현의 표정은 오히려 어둡게 변했다.

박건이 오늘 경기에서 홈런 포함 3안타를 때려내면서 5타점을 올린 탓에 그를 청우 로열스로 재영입하는 것이 더 어려워졌기 때문이었다.

"60%입니다."

잠시 후, 제임스 윤에게서 돌아온 대답을 들은 송이현이 당황한 표정을 지었다.

오늘 경기가 시작되기 전보다 박건을 청우 로열스로 재영입할 수 있는 확률이 줄어들긴 했지만, 확률의 하락 폭이 예상보다 작았기 때문이었다.

"박건 선수가 오늘 경기에서도 좋은 활약을 펼쳤음에도 트레이드가 성사될 확률이 4할에 불과하다?"

"트레이드는 그만큼 성사되기 어려우니까요."

제임스 윤이 대답한 순간이었다.

와아.

와아아.

뉴욕 메츠 홈 팬들이 갑자기 함성과 환호성을 내지르기 시작했다.

'왜?'

그 함성을 들은 송이현이 의아한 표정을 지었다.

이미 오늘 경기의 승패는 거의 결정이 난 상황.

갑자기 뉴욕 메츠 홈 팬들이 흥분할 이유가 없다고 판단했기 때문이었다.

그때였다.

"전광판을 보세요."

제임스 윤이 말했다.

그 이야기를 들은 송이현이 전광판 쪽으로 고개를 돌렸다.

Pitcher, Park Gun.

잠시 후, 송이현이 낯선 문구를 발견했다.

'혹시 표기 오류가 아닐까?'

송이현의 예상은 빗나갔다.

9회 초 수비에 나선 박건이 좌익수 포지션이 아니라 마운드를 향해 걸어 올라오는 모습이 보였기 때문이었다.

'이래서 흥분했구나.'

9회 초 수비에서 박건이 투수로 마운드 위에 서는 것.

깜짝 이벤트나 마찬가지였기에 뉴욕 메츠 홈 팬들이 술렁이면서 함성과 박수를 보내는 것이었다.

'그러고 보니… 투수로 경기에 출전하는 것은 처음이구나.'

오래 생각할 필요도 없었다.

메이저리그에 진출한 후 박건이 투수로서 경기에 출전한 것은 이번이 처음이었다.

'깜짝 놀라겠네.'

잠시 후 송이현의 입가로 희미한 미소가 번졌다.

박건이 단 한 차례도 투수로 경기에 출전한 적이 없기에 뉴욕 메츠 홈 팬들은 이번 등판을 단순히 깜짝 이벤트라고 생각하고 있었다.

그러나 송이현은 박건이 좋은 투수라는 사실을 이미 알고 있었다. 그래서 박건이 마운드에서 공을 던지는 모습을 지켜보고 나면 뉴욕 메츠 홈 팬들이 깜짝 놀랄 것이란 생각이 든 것이었다.

"그런데… 왜 하필 오늘일까?"

잠시 후, 송이현이 이런 의문을 품었을 때였다.

"이것이었네요."

제임스 윤이 마운드에 서 있는 박건에게서 시선을 떼지 않은 채 말했다.

"무슨 뜻이에요?"

"박건 선수가 메이저리그에서 도전을 이어나가기 위해서 준비한 마지막 패 말입니다. 투수로 등판하는 것이었어요."

"단순한 이벤트가 아니란 뜻이에요?"

"네, 뉴욕 메츠 홈 팬들의 입장에서는 깜짝 이벤트겠지만, 박건 선수 입장에서는 생존을 위해서 꺼내 든 비장의 카드입니다."

송이현이 그라운드로 고개를 돌렸다. 그리고 비장한 표정으로 마운드에 서 있는 박건을 응시하고 있을 때 제임스 윤이 덧붙였다.

"만약 박건 선수가 호투한다면 트레이드가 성사될 확률이 50% 이상으로 상승할 겁니다."

*　　　*　　　*

와아.

와아아.

9회 초 워싱턴 내셔널스의 정규이닝 마지막 공격.

마운드에 선 박건이 함성과 환호를 보내주고 있는 시티 필드를 꽉 메운 뉴욕 메츠 홈 팬들을 바라보았다.

"나쁘지 않네요."

잠시 후, 박건이 입을 뗐다.

투수로 메이저리그 마운드에 서는 것도 마음에 들었고, 마운드에서 상대해야 하는 것이 워싱턴 내셔널스의 클린업트리오라는 점도 마음에 들었다.

"잘해라."

이용운이 건넨 당부를 들은 박건이 힘껏 고개를 끄덕이며 첫 타자인 후안 소토를 바라보았다.

'다를 것 없어.'

마운드에 선 박건이 떠올린 것.

청우 로열스 소속 선수 시절, 팀의 외국인 타자였던 앤서니 쉴즈와 했던 내기였다.

"내가 마운드에서 공을 던지고, 넌 타석에 서. 그리고 아웃카운트 하나를 잡아내기 전에 네가 내게서 안타를 빼앗아내면 네가 이번 내기에서 이기는 거야. 반대로 네가 안타를 치지 못하는 사이에 내가 아웃카운트 하나를 잡아내면 내가 이기는 거고."

당시 내기의 방식이었다.

그 내기에서 승리했던 것은 박건이었다. 그리고 박건이 내기에서 승리할 수 있었던 가장 큰 요인은 정보력이었다.

"한 타석에서 내기의 승부가 갈리는 상황이었다. 이런 상황에서 더 유리한 쪽은 타자가 아니라 투수다. 특히 후배의 경우는 더욱 유리했지. 앤서니 쉴즈는 투수 박건에 대한 정보가 전무했으니까."

당시에 이용운이 박건이 내기에서 승리할 것을 점쳤던 이유였다. 그리고 오늘도 엇비슷한 상황이었다.

지금 타석에 들어서 있는 타자인 후안 소토는 투수 박건에 대한 정보가 전무하다시피 했다.

반면 박건은 타자 후안 소토에 대해 알고 있었다.

유리한 쪽은… 분명 자신이었다.

끄덕.

포수와 사인을 교환한 박건이 투구 동작에 돌입했다.

슈아악.

박건이 초구로 선택한 구종은 직구.

"스트라이크."

홈플레이트 한가운데로 파고든 직구는 스트라이크 판정을 받았다.

그 순간, 시티 필드가 일순 고요하게 변했다.

그 고요가 사라진 자리는 술렁임으로 채워졌다.

"93마일?"

"내가 제대로 본 것 맞아?"

"이거 뭐야?"

"야수가 던진 직구 구속이 93마일이라니. 구속 측정기가 고장 난 것 아냐?"

93마일의 구속이 찍혀 있는 전광판을 확인한 뉴욕 메츠 홈 팬들은 구속 측정기의 이상을 의심하고 있었다.

박건은 곧바로 2구를 준비했다.

슈아악.

2구 역시 직구.

94마일.

전광판에 찍힌 2구째 직구의 구속이었다.

초구보다 2구째에 던진 직구의 구속이 더 오르자, 뉴욕 메츠 홈 팬들의 술렁임도 덩달아 커졌다.

"진짜 94마일이야?"

"엄청난데?"

"투수도 아니고 야수가 무슨 94마일짜리 직구를 던져?"

"이거 깜짝 이벤트 맞아?"

그리고 3구째.

포수가 낸 사인은 몸쪽 하이 패스트볼이었다.

후안 소토의 헛스윙을 유도하기 위한 볼배합.

그러나 박건은 고개를 흔들며 직접 사인을 냈다.

슈악.

박건이 3구째로 선택한 구종은 커브였다.

82마일의 구속을 기록한 커브는 한가운데로 들어갔다.

그렇지만 후안 소토는 배트를 내밀지 못했다.

박건이 커브를 던질 것을 전혀 예상치 못했기 때문일까.

"스트라이크아웃."

타석에 서서 가만히 지켜보며 삼구삼진을 당했다.

와아.

와아아.

박건이 후안 소토를 삼구삼진으로 돌려세우자, 시티 필드를 가득 메운 뉴욕 메츠 홈 팬들의 함성은 더욱 거세졌다.

그 함성 소리를 들으며 희미한 웃음을 머금은 박건이 혼잣말을 꺼냈다.

"아직 놀라기는 너무 이릅니다."

*   *   *

슈아악.

박건이 마운드에서 던진 8구째 직구는 홈플레이트를 통과해서 바깥쪽 꽉 찬 코스로 파고들었다

"스트라이크."

주심이 스트라이크존에 걸쳤다고 판단해 콜을 한 순간, 타석에 서 있던 안톤 워커가 못마땅한 표정으로 고개를 절레절레 흔들었다.

주심의 스트라이크존에 불만을 품었기 때문이었다.

그렇지만 박건은 안톤 워커의 반응에 신경 쓰지 않고 관중석으로 고개를 돌렸다.

'어디선가 지켜보고 있겠지.'

마이애미 말린스 구단 소속 스카우터가 시티 필드를 찾아와서 자신이 투구하는 모습을 지켜보고 있을 게 틀림없었다.

'이제 공 하나가 남았다.'

후안 소토와 앤서니 론돈.

박건은 워싱턴 내셔널스의 클린업트리오에 포진된 두 명의 타자를 모두 삼구삼진으로 돌려세웠다.

그리고 세 번째 타자인 안톤 워커와의 승부에서도 잇따라 스트라이크를 던져 유리한 볼카운트를 선점한 상황이었다.

'이 공으로 끝내자.'

후우.

박건이 크게 심호흡을 하며 막 결심했을 때였다.

슥. 스윽.

뉴욕 메츠 홈 팬들이 갑자기 자리에서 일어서기 시작했다.

짝짝.

짝짝짝.

어느새 기립한 홈 팬들이 마운드에 서 있는 박건을 응원하며 박수를 보내기 시작했다.

'왜?'

그 모습을 확인한 박건이 두 눈을 크게 떴다.

완봉승이나 완투승을 앞둔 투수에게 홈 팬들이 기립 박수를 보내며 응원을 하는 경우가 있었다.

또, 포스트시즌 경기처럼 중요한 경기에서는 홈 팬들이 팀의 승리를 기원하며, 투수들의 호투를 바라며 기립 박수를 보내줄 때가 종종 있었다.

그런데 지금 마운드에 서 있는 박건은 완봉승이나 완투승을 목전에 둔 선발투수가 아니었다.

그리고 오늘 경기는 포스트시즌 경기가 아니었다.

수많은 정규시즌 경기들 중 한 경기일 뿐이었다.

게다가 접전 상황도 아니었다.

12—2.

이미 스코어 차가 크게 벌어져 있는 상황이었다.

그럼에도 불구하고 뉴욕 메츠 홈 팬들은 마운드에 서 있는 박건에게 기립 박수를 보내주고 있었다.

예기치 못했던 상황을 마주한 박건이 어리둥절한 표정을 짓고 있을 때였다.

"버스 떠난 뒤에 손 흔들고 있는 셈이지."

이용운이 특유의 시니컬한 목소리로 덧붙였다.

"있을 때 잘했어야지."

"네?"

"후배의 등판이 깜짝 이벤트가 아니었구나. 이번 이벤트 덕분에 뉴욕 메츠의 약점을 메꿔줄 새 필승조 후보를 찾았다. 이게 뉴욕 메츠 홈 팬들이 상황에 어울리지 않게 기립까지 해서 박수를 보내주는 이유다."

비로소 뉴욕 메츠 홈 팬들이 기립 박수를 보내주고 있는 이유를 알게 된 박건이 작게 고개를 끄덕였을 때였다.

"있을 때 잘했어야지."

"……?"

"벌써 뉴욕 메츠 팬들이 후배에게 쏟아내던 야유를 잊은 건 아니겠지?"

물론 박건이 그 야유를 잊었을 리 없었다.

가뜩이나 메이저리그 적응에 어려움을 겪고 있던 박건에게 뉴욕 메츠 홈 팬들이 쏟아냈던 야유를 들은 것은 큰 충격이었다.

그로 인해 심리적으로 더욱 위축됐었고.

물론 뉴욕 메츠 홈 팬들의 야유를 받아도 이상할 게 없을 정도로 박건이 부진했던 것은 사실이었다.

그러나 뉴욕 메츠 홈 팬들이 좀 더 여유를 갖고 기다려 줬으면 더 좋았을 걸 하는 서운한 마음을 느꼈었다.

"꼭 작별 인사 같구나."

그때, 이용운이 불쑥 말했다.

'작별 인사? 그럼……'

"이제 구부 능선은 넘었다. 어쨌든 잘 헤어지는 것도 중요하지. 그러니 멋지게 마무리를 하자꾸나."

박건이 마지막으로 기립한 뉴욕 메츠 홈 팬들을 둘러본 후 투구 동작에 돌입했다.

슈악.

부우웅.

안톤 워커가 크게 휘두른 방망이가 허공을 갈랐다.

워싱턴 내셔널스의 클린업트리오를 연속 삼구삼진으로 돌려세운 박건이 높이 팔을 들어 올렸다.

와아.

와아아.

거센 함성을 내지르는 뉴욕 메츠 홈 팬들에게 박건이 마치 작별 인사를 건네듯이 힘껏 손을 흔들었다.

제4장

최종 스코어 12—2.

뉴욕 메츠는 워싱턴 내셔널스를 상대로 스윕을 거두며 5연승을 내달렸다.

그렇지만 아직 박건이 해야 할 일은 끝난 게 아니었다.

오늘 경기 수훈 선수로 뽑힌 박건은 승리의 여운이 채 가라앉기도 전에 다시 그라운드에 섰다.

수훈 선수 인터뷰를 하기 위함이었다.

경기 MVP로 뽑혀 수훈 선수 인터뷰를 진행하는 것.

이번이 처음이 아니었다.

그럼에도 불구하고 박건은 수훈 선수 인터뷰를 앞두고 살짝 긴장했다.

그 이유는 두 가지.

우선 뉴욕 메츠 소속 선수로 임하는 마지막 수훈 선수 인터뷰였기 때문이었다.

'어쩌면 메이저리그에서의 마지막 수훈 선수 인터뷰일 수도 있지.'

아직 박건의 거취는 결정되지 않은 상황이었다.

진인사대천명(盡人事待天命).

박건은 사람으로서, 또 한 명의 선수로서 할 수 있는 모든 것을 다한 상태였다.

이제 하늘의 뜻을 기다려야 하는 시점이었다.

그리고 하늘의 뜻은 좀처럼 예측하기 어려웠다.

마이애미 말린스 구단으로의 이적이 결국 무산되면서 KBO 리그로 복귀하게 될 가능성도 충분했다.

또 하나의 이유는 수훈 선수 인터뷰에서 꼭 언급해야 할 중요한 이야기들이 남아 있었기 때문이었다.

"와우, 박건 선수 지난 경기들과 마찬가지로 오늘도 아주 굉장한 활약이었습니다. 먼저 뉴욕 메츠가 연승을 이어나간 것을 축하드립니다. 오늘 경기 승리 소감부터 밝혀주시죠."

"팀의 연승 행진이 이어진 것, 무척 기쁩니다. 그렇지만 저

혼자 잘했기 때문에 거둔 승리가 아닙니다."

"팀이 함께 거둔 승리라는 뜻인가요?"

"네. 특히 브라이언 마일스와 폴 바셋, 그리고 피터 알론소의 활약이 우리 팀이 승리를 거두는 데 있어서 중요한 견인차 역할을 했습니다. 아까 제가 언급드렸던 세 선수들이 새로이 선발 라인업에 포함되고 난 후 뉴욕 메츠의 수비가 눈에 띄게 견고해졌습니다. 게다가 경기 출전 횟수가 늘어나면서 경기 감각이 올라온 덕분에 세 선수들의 타격감도 점점 살아나고 있습니다. 오늘 경기에서 세 선수가 모두 타점을 올렸던 것이 타격감이 점점 살아나고 있다는 증거입니다. 만약 세 선수들의 타격감이 더 올라간다면 뉴욕 메츠의 연승 행진은 좀 더 길게 이어질 수 있지 않을까? 개인적으로는 이렇게 판단하고 있습니다."

'거짓말이 늘었네.'

박건이 인터뷰 도중에 쓴웃음을 지었다.

뉴욕 메츠의 연승 행진이 계속 이어질 가능성?

무척 희박했다.

뉴욕 메츠가 연승을 달리는 동안 중추적인 역할을 했던 선수들이 당장 다음 경기부터 이탈할 가능성이 높기 때문이었다.

그리고 하나 더.

뉴욕 메츠의 연승 행진이 언제까지 이어질지는 더 이상 박건의 관심사가 아니었다.

오늘 경기를 끝으로 뉴욕 메츠를 떠날 것이었기 때문이었다.

어쨌든 박건이 인터뷰 도중에 브라이언 마일스와 폴 바셋, 그리고 피터 알론소의 이름을 언급한 진짜 이유는 트레이드를 성사시키기 위함이었다.

이용운이 뉴욕 메츠와 마이애미 말린스 구단 사이의 트레이드를 성사시키기 위해 제시했던 해법은 2 대 4 트레이드.

2 대 4 트레이드 성사 가능성을 높이기 위해서는 박건만이 아니라 4에 포함된 나머지 선수들의 활약도 중요했다.

이것이 박건이 인터뷰 도중에 적당히 자신을 낮추면서 나머지 세 명의 선수들의 활약상을 추켜세운 이유.

'일단 하나는 해치웠고.'

수훈 선수 인터뷰 도중에 수행해야 할 미션들 가운데 하나를 해치운 덕분에 박건의 마음이 조금 가벼워졌을 때였다.

"오늘 경기 타석에서 박건 선수의 활약은 무척 뛰어났습니다. 그렇지만 오늘 인터뷰에서는 타격이 아닌 다른 쪽에 포커스를 맞춰야 할 것 같습니다. 9회 초에 마운드에 오를 것, 예상했습니까?"

"네, 예상했습니다."

"그럼 미리 약속이 되어 있었던 등판이었군요."

"좀 더 정확히 말씀드리면 제가 등판하고 싶다는 의사를 내비쳤습니다."

"네?"

예상치 못했던 답변이어서일까.

수훈 선수 인터뷰를 진행하던 캐스터 글렌 피디어가 흥미를 드러냈다.

"박건 선수가 투수로 등판하길 원했기 때문에 이번 깜짝 등판이 이뤄졌다는 것이 맞습니까?"

"그렇습니다."

"그럼 투수로 등판하길 원했던 이유는 무엇입니까?"

"답답해서요."

"……?"

"잘 알고 계시겠지만 현시점 뉴욕 메츠의 가장 큰 약점은 불펜진입니다. 뉴욕 메츠가 연승을 달리고 있는 덕분에 묻히긴 했지만, 연승을 달리는 도중에도 뉴욕 메츠의 불펜진들은 계속 불안한 모습을 노출했습니다. 그래서 제가 불펜투수로 등판하면 팀에 도움을 줄 수 있지 않을까 하는 생각을 꾸준히 갖고 있었고, 오늘 경기에서 마침 기회가 닿아서 등판할수 있었습니다."

"그 말씀은 지친 불펜투수들에게 휴식을 부여해 주면서 팀에 도움을 줬다. 이렇게 판단하면 될까요?"

"아닙니다."

"그럼……?"

"답답해서 제가 직접 불펜투수로 출전하고 싶었단 뜻이었습니다."

"투타 겸업… 을 말씀하시는 겁니까?"

"네. 그리고 기왕이면 추격조가 아닌 필승조의 한 축을 맡았으면 하는 바람을 갖고 있습니다. 막강한 워싱턴 내셔널스의 클린업트리오를 연속 삼구삼진으로 돌려세웠으니 투수로 계속 경기에 출전해도 괜찮지 않을까요?"

"솔직히 말씀드리면… 많이 놀랐습니다."

"왜 놀라셨습니까?"

"박건 선수가 9회 초에 투수로 보직을 변경해서 마운드에 올랐을 때만 해도 깜짝 이벤트라고 생각했습니다. 그런데 깜짝 이벤트라기에는 박건 선수의 구위가 너무 뛰어났거든요. 오늘 직구 최고 구속이 94마일까지 나왔다는 사실, 알고 있습니까?"

"그랬습니까?"

박건이 담담한 목소리로 대꾸하자, 글렌 피디어가 도리어 호들갑을 떨었다.

"왜 이렇게 반응이 담담합니까? 야수가 94마일의 직구 구속을 기록한 것은……."

"비슷합니다."

"뭐가 비슷하단 겁니까?"

"KBO 리그에서 제가 던졌던 직구 최고 구속과 비슷하단 뜻입니다. 그래서 놀라지 않은 겁니다."

박건이 KBO 리그에서 활약할 당시 투수로도 경기에 출전했다는 사실을 알려주자 글렌 피디어가 깜짝 놀랐다.

"그래서였군요. 어쩐지 박건 선수가 마운드에서 공을 던지는 걸 보니 야수가 아닌 진짜 투수가 공을 던지는 것처럼 느껴졌었습니다. 가만, 그럼 혹시 뉴욕 메츠 미겔 카브레라 감독도 박건 선수가 KBO 리그에서 투수로 출전했다는 사실을 알고 있었습니까?"

"아마 알고 있었을 겁니다. 아니, 제가 꽤 괜찮은 투수였다는 사실을 이미 알고 계셨을 겁니다."

"그런데 왜 박건 선수를 이제야 투수로 경기에 출전시킨 겁니까?"

뉴욕 메츠는 불펜진에 약점을 갖고 있다.

이런 상황에서 KBO 리그에서 투수로 활약했던 경험이 있는 꽤 괜찮은 투수인 박건은 팀의 약점을 메꿀 수 있는 대안이 될 수도 있었다.

그럼에도 불구하고 대체 왜 미겔 카브레라 감독은 지금까지 박건을 투수로 경기에 출전시키지 않았느냐?

글렌 피디어가 의문을 품고 질문을 던진 이유였다.

"저도 그게 의문입니다."

"네?"

"어쨌든 선수 기용은 감독의 고유 권한이니까요."

박건이 더그아웃에 앉아 있는 미겔 카브레라 감독을 응시하며 말을 마쳤다.

'두 번째 미션도 해치웠다.'

박건이 방금 해치운 두 번째 미션.

미겔 카브레라 감독에 대한 나름의 복수였다.

"왜 박건이란 선수를 불펜투수로 활용하지 않았느냐?"

이 인터뷰 내용이 알려지고 나면 뉴욕 메츠 홈 팬들은 미겔 카브레라 감독의 선수 기용에 대해서 의구심을 품을 것이었다. 그리고 미겔 카브레라 감독의 선수 기용에 대한 의구심은 자연스레 범위를 넓혀갈 터였다.

"과연 미겔 카브레라 감독의 올 시즌 선수 기용은 적절했느냐?"

이렇게 의심의 범위가 확대되다 보면 미겔 카브레라 감독은 팬들의 현미경 검증을 받게 될 터.

자연스레 미겔 카브레라 감독과 잭 니퍼트 전 단장의 불화 사실이 알려지게 되리라.

그렇게 되면 미겔 카브레라 감독이 팬들의 신뢰를 잃게 되는 것은 시간문제였다.

어쨌든 두 번째 미션이었던 미겔 카브레라 감독에 대한 나름의 복수는 이용운이 지시했던 것이 아니었다.

박건이 스스로 계획을 세워서 수훈 선수 인터뷰를 하던 도중에 실행으로 옮겼던 것이었다.

'후회할 거야.'

최소한의 복수도 하지 않고 뉴욕 메츠를 떠나게 되면, 나중에 분명히 후회할 것 같아서 한 행동이었다.

"꽤 세련된 복수였다. 많이 늘었구나."

다행히 이용운도 박건이 스스로 계획을 세워서 실행에 옮겼던 나름의 복수에 만족한 기색이었다.

'이제 마지막 미션만 남았다.'

박건이 마지막 미션을 수행하기 위해서 다시 입을 열었다.

"보아하니 제가 KBO 리그에서 뛸 당시, 투수로 경기에 출전했던 사실을 모르셨던 것 같군요."

"전혀 몰랐습니다."

글렌 피디어가 수긍하며 덧붙였다.

"아마 저뿐만 아니라 대부분의 야구팬들이 그 사실을 몰랐을 겁니다."

그 이야기를 들은 박건이 질문했다.

"혹시… 궁금하십니까?"

"무슨 말씀입니까?"

"제가 KBO 리그에서 뛸 당시 어떤 투수였는지 궁금한가 여부에 대해 질문한 겁니다."

"물론 궁금합니다."

글렌 피디어는 박건이 원하던 대답을 꺼내주었다.

"KBO 리그에서 활약할 당시, 박건은 어떤 투수였는지 직접 말씀해 주시겠습니까?"

그리고 글렌 피디어의 요청을 들은 박건이 고개를 흔들었다.

"그건 불가능합니다."

"왜 불가능합니까?"

"만약 그 이야기를 시작하게 되면 무척 긴 이야기가 될 테니까요."

"네?"

"아주 어마어마했거든요."

"어마어마했다?"

"투수 박건 말입니다."

"이거 더 궁금해지는데요."

글렌 피디어의 몸이 달아오른 것을 확인한 박건이 웃으며
제안했다.

"그럼 이렇게 하시죠."

"어떻게 하자는 말씀이십니까?"

"투수 박건이 KBO 리그에서 뛸 당시의 활약상을 직접 확인
할 수 있는 방법을 알려 드리겠습니다."

"그 방법이 대체 뭡니까?"

"너튜브의 개인 방송 채널입니다."

"개인 방송… 이요?"

"네. 제 팬으로 추정되는 분이 직접 운영하고 있는 개인 방
송에는 제가 KBO 리그에서 뛸 당시의 영상이 올라와 있거든
요."

'마지막 미션도 거의 해치웠다.'

박건이 안도했을 때, 글렌 피디어가 질문했다.

"그 개인 방송의 제목이 뭡니까?"

박건이 대답했다.

"'더 독해져서 돌아온 독한 야구'입니다."

　　　　*　　　　　*　　　　　*

　"너튜브 개인 방송 '더 독해져서 돌아온 독한 야구'는 선수, 감독, 심지어 팬들까지 모두 독하게 까는 해설 방송입니다. 심장이 약한 분들과 임산부, 그리고 노약자는 가능한 시청을 금해주시기 바라며, 한층 더 독해져서 돌아온 만큼 일반인들 중에서도 마음의 평온을 유지하는 데 어려움을 겪고 있는 분들은 시청하지 않으시는 편이 좋은 것 같습니다. 그럼 본격적으로 '더 독해져서 돌아온 독한 야구'를 시작하겠습니다."

　잭 대니얼스가 팔짱을 낀 채 모니터 화면을 지켜보고 있을 때, 아직 모습을 드러내지 않은 진행자의 멘트가 이어졌다.

　"첫 방송인 만큼, 어떤 주제로 방송을 시작할까? 이 부분에 대해서 고민이 많았습니다. 결국 제가 찾아낸 주제는 세 가지입니다. 한마디로 세 가지 키워드를 선정했다고 생각하시면 될 것 같습니다. 그 세 가지 키워드는 다음과 같습니다. 미겔 카브레라 감독, 뉴욕 메츠, 그리고 마이애미 말린스입니다. 아, 키워드 선정 기준이 궁금하신 분들도 있을 테니 알려 드리겠습니다. 키워드 선정 기준은 가장 깔 게 많은 순서로 정했습니다."

　"마이애미 말린스도 키워드에 포함됐다?"

　잭 대니얼스가 팔짱을 풀며 의자에서 등을 뗐다.

일단 '더 독하게 돌아온 독한 야구'라는 너튜브 개인 방송 첫 방송의 키워드에 마이애미 말린스가 포함됐다는 것이 관심을 끌었고, 마이애미 말린스가 키워드로 포함된 이유가 깔 게 많아서라는 점도 흥미를 느끼게 만들었기 때문이었다.

"깔 게… 많긴 하지."

잠시 후, 잭 대니얼스가 혼잣말을 꺼냈다.

자신이 단장을 맡고 있는 구단이긴 했지만, 마이애미 말린스는 여러 가지 문제가 많은 구단이었다.

내셔널리그 동부 지구 최하위라는 순위가 마이매미 말린스가 문제점들이 많은 구단이라는 증거였다.

"궁금하네."

내부자라 할 수 있는 자신이 바라보는 마이애미 말린스 구단과 외부자인 '더 독해져서 돌아온 독한 야구'의 진행자가 바라보는 마이애미 말린스 구단.

분명히 바라보는 시각이 다를 터였다.

그래서 잭 대니얼스의 호기심이 커졌지만, 아쉽게도 '더 독해져서 돌아온 독한 야구'의 진행자는 세 가지 키워드들 가운데 미겔 카브레라 감독에 관한 이야기를 먼저 시작했다.

"첫 번째 키워드인 미겔 카브레라 감독에 대해 먼저 이야기를 해보겠습니다. 무능, 독선, 그리고 뒤끝 작렬, 제가 붙인 미겔 카브레라 감독에 대한 수식어들입니다. 자, 우선 무능이란 수식어를 붙인 이유는 간단합니다. 뉴욕 메츠라는 아주 좋은 팀을 이끌고 있음에도 불구하고 현재 순위가 내셔널리그 동부 지구 3위에 머물고 있기 때문입니다. 올 시즌 개막 전, 전문가들이 뉴욕 메츠를 내셔널리그 동부 지구 우승 후보로 꼽았던 데는 나름의 이유가 있습니다. 노아 신더가드와 제이콥 디그롬이라는 리그 최고 수준의 원투 펀치 선발투수를 보유하고 있었고, 로빈슨 카노와 미구엘 콘포토가 이끌고 있는 팀 타선의 화력도 막강한 편이라고 평가했기 때문입니다. 딱 하나 약점으로 지목됐던 부분이 바로 뉴욕 메츠의 노쇠화가 진행된 불펜진이었습니다. 그럼 미겔 카브레라 감독은 어떻게 팀을 운영해야 했을까요? 이건 아주 간단합니다. 팀의 약점으로 지적됐던 노쇠화된 불펜진만 보강하면 됐습니다. 그런데 지금 뉴욕 메츠는 어떻습니까? 일찌감치 약점으로 지적됐던 노쇠화한 불펜진의 불안이라는 문제를 여전히 안고 있습니다. 즉, 미겔 카브레라 감독은 이 간단한 문제 하나도 개선시키지 못하고 그동안 아까운 시간만 허비했던 셈이죠."

잭 대니얼스가 자세를 고쳐 앉았다.

"뼈를 때리는 아픈 지적이네."

제삼자인 자신이 들어도 아픈 지적이었다.

그런데 만약 당사자인 미겔 카브레라 감독이 '더 독해져서 돌아온 독한 야구' 진행자의 멘트를 들었다면?

무척이나 아프게 다가왔을 거란 생각이 들었다.

"다음으로 제가 미겔 카브레라 감독에게 독선이란 수식어를 붙였던 이유는 무능이란 수식어의 연장선상에 있습니다. 미겔 카브레라 감독에게는 본인이 무능하다는 것을 감출 수 있는 기회가 분명히 있었습니다. 바로 박건이란 카드였습니다. 오늘 열렸던 뉴욕 메츠와 워싱턴 내셔널스의 3연전 마지막 경기를 보신 분들은 아시겠지만, 박건 선수는 이 경기에 투수로 출전했습니다. 일찌감치 승부의 추가 기울어진 상태에서의 등판이라 깜짝 이벤트 성격이 강한 등판이었죠. 그런데 오늘 등판한 박건 선수는 워싱턴 내셔널스의 클린업트리오인 후안 소토와 앤서니 론돈, 그리고 안톤 워커를 모두 삼구삼진으로 돌려세우는 빼어난 투구를 선보였습니다. 직구 구속이 94마일까지 나왔고, 뉴욕 메츠 홈 팬들의 기립 박수까지 끌어냈던 말 그대로 깜짝 호투였죠. 그런데 여기서 중요한 것은… 깜짝 호투가 아니라는 점입니다. 박건 선수는 KBO 리그에서도 이미 투수로 경기에 출전해서 여러 차례 호투를 펼쳤던 적이 있습니다. 그리고 뉴욕 메츠의 잭 니퍼트 단장, 아니, 정정하겠습니다. 잭 니퍼트 전 단장이 박건 선수를 301만 달러라는 거액의 포스팅 비용을 지불하면서까지 영입하려 했던 이유는 투수 박건의 활용도가 높다는 판단을 내렸기 때문입니다. 자, 제가 박건 선수가 KBO 리그 청우 로열스 소속 선수일 당시, 투수로 출전한 경기 영상을 보여 드리겠습니다. 일단 이걸 보시고 난 후 이야기를 계속하죠."

잭 대니얼스가 영상 속에서 마운드에 서 있는 박건을 유심히 살폈다.

KBO 리그에 대해서 잭 대니얼스가 아는 정보는 거의 없었다.

'더블 A와 트리플 A 중간 수준.'

이게 잭 대니얼스가 KBO 리그에 대해서 알고 있는 유일한 정보였다.

그러니 당연히 박건의 소속 팀도, 상대 팀도 알지 못했다.

그럼에도 불구하고 잭 대니얼스가 영상에서 시선을 떼지 못한 이유는 박건의 투구가 무척 인상적이었기 때문이었다.

슈아악.

팡.

90마일대 중반의 직구에서는 빠르고 묵직한 힘이 느껴졌다. 그리고 여러 구종의 브레이킹볼도 자유자재로 구사하면서 타자들의 헛스윙을 끌어냈다.

그런 박건의 투구에서는 신인의 패기와 베테랑 투수의 노련함이라는 서로 어울리지 않는 조합이 동시에 엿보였다.

'이 정도면… 메이저리그에서도 충분히 통한다.'

선발투수가 아닌 불펜투수로 나선다면?

메이저리그에서도 충분히 경쟁력이 있을 것이란 확신이 들었다.

'현재 뉴욕 메츠의 불펜진에 속해 있는 릭 콘솔로나 케일러 퍼거슨보다 더 낫지 않을까?'

거기까지 생각이 미친 순간, 잭 대니얼스가 천천히 고개를 끄덕였다.

"이래서 잭 니퍼트 전 단장이 301만 달러라는 거액의 포스팅 비용을 지불하면서까지 박건이란 선수를 뉴욕 메츠로 영입했던 거였군."

잭 대니얼스가 비로소 납득한 표정을 지었을 때, 박건의 투구 영상이 끝났다. 그리고 '더 독해져서 돌아온 독한 야구' 진행자의 멘트가 이어졌다.

"여기서 제가 질문을 하나 드리겠습니다. 뉴욕 메츠의 미겔 카브레라 감독은 박건이 KBO 리그에서 투구하는 영상을 봤을까요? 보지 못했을까요?"

'당연히 봤을 거야.'

미겔 카브레라 감독은 선수 기용 권한을 갖고 있는 현장의 책임자.

게다가 박건은 301만 달러라는 거액의 포스팅 비용을 들여서 뉴욕 메츠가 영입했던 선수였다.

그런데 박건이란 선수가 KBO 리그에서 뛸 당시 투구하는 영상을 확인하지 못했을 리 없었다. 그래서 잭 대니얼스가 분명히 봤을 거라고 확신한 순간, 진행자가 본인이 던졌던 질문에 대한 답을 스스로 꺼냈다.

"당연히 봤을 겁니다. 포스팅 비용으로 301만 달러나 지불하고 뉴욕 메츠로 영입한 선수에 대한 기본적인 정보조차 파악하지 않았을 리 없으니까요. 그리고 만약 제가 미겔 카브레라 감독이었다면, 뉴욕 메츠의 약점으로 꼽히는 불펜진이 붕괴 위기에 처했을 때, 박건 선수를 불펜투수로 활용해 보는 방안을 고려해 봤을 겁니다. 그런데 미겔 카브레라 감독은 박건 선수를 단 한 번도 불펜투수로 활용하지 않았습니다. 아니, 박건 선수를 불펜투수로 활용하려는 시도조차 하지 않았습니다. 이게 제가 미겔 카브레라 감독에게 독선이란 수식어를 붙였던 이유입니다."

'왜… 고려해 보지 않았을까?'

잭 대니얼스가 고개를 갸웃했다.

'더 독해져서 돌아온 독한 야구' 진행자의 지적은 정곡을 찔렀다.

미겔 카브레라 감독은 투수 박건의 능력을 이미 알고 있었던 상황.

그럼에도 불구하고 오늘 경기 이전까지 투수 박건을 한 번도 마운드에 올리지 않았던 미겔 카브레라 감독의 결정이 잭 대니얼스로서는 잘 납득이 가지 않았다.

"혹시… 그 이유 때문인가?"

잭 대니얼스가 한참을 고민한 끝에 찾아낸 이유는 뉴욕 메츠 전 단장과 미겔 카브레라 감독의 불화설이었다.

두 사람의 불화는 꽤 널리 알려진 상황.

잭 대니얼스도 두 사람의 불화설을 알고 있었다.

'박건은 잭 니퍼트 전 단장이 영입을 주도했던 선수. 그래서 미겔 카브레라 감독이 투수 박건을 일부러 활용하지 않았던 게 아닐까?'

잭 대니얼스의 생각이 거기까지 미쳤을 때였다.

"이제 세 번째 수식어인 뒤끝 작렬에 대해서 말씀드릴 순서군요."

진행자의 멘트가 이어졌다.

"우선 두 장의 사진을 보여 드리겠습니다. 눈 크게 뜨고 비교해 보시죠."

진행자가 화면에 띄운 것은 미겔 카브레라 감독의 사진들이었다.

왼편에 있는 사진 속 미겔 카브레라 감독은 만족스레 웃고 있었다.

반면 오른편에 있는 사진 속 미겔 카브레라 감독은 미간을 잔뜩 찌푸리고 있었다.

잭 대니얼스가 진행자가 시킨 대로 두 장의 사진을 비교하며 바라보고 있을 때, '더 독해져서 돌아온 독한 야구'의 진행자가 다시 질문을 던졌다.

"제가 여러분께 두 장의 사진을 보여 드린 이유는 미겔 카브레라 감독이 찍혔던 시점 때문입니다. 한 장의 사진은 뉴욕 메츠가 연승을 달리고 있을 당시에 찍혔던 사진이고, 다른 한 장의 사진은 뉴욕 메츠가 연패를 달리고 있을 당시에 찍혔던 사진입니다. 그럼 이 두 장의 사진 중 어느 사진이 뉴욕 메츠가 연승을 달리고 있을 때 찍혔던 사진일까요?"

"정답은… 당연히 왼편이겠지."

잭 대니얼스가 조금의 고민이나 망설임도 없이 대답했다.

당연히 자신이 정답을 맞혔을 거라 확신했는데.

잭 대니얼스의 확신은 빗나갔다.

"정답은 오른쪽 사진입니다."

'더 독해져서 돌아온 독한 야구'의 진행자는 정답이 왼편이 아닌 오른편 사진이라고 알려주었다. 그리고 오른편 사진이 정답임을 알게 된 잭 대니얼스가 당황한 표정을 지었다.

"팀이 연승을 달리고 있는데… 미겔 카브레라 감독의 표정은 왜 저 모양이지?"

상식적으로 납득이 가지 않는 상황.

잭 대니얼스가 오른편 사진 속 잔뜩 미간을 찌푸린 미겔 카브레라 감독을 다시 바라보고 있을 때였다.

"아마 정답을 맞히신 분이 거의 없을 겁니다. 팀이 연패를 당하고 있을 때는 환하게 웃고 있고, 팀이 연승을 달리고 있을 때는 영 못마땅한 표정을 짓는 감독이라. 확실히 이상하지 않습니까? 그런데 사진은 절대 거짓말을 하지 않습니다. 그리고 이제 이 미스터리한 상황이 벌어진 이유에 대해 설명드리겠습니다."

'어떤 이유일까?'

잭 대니얼스가 더욱 귀를 기울였다.

"미겔 카브레라 감독이 뉴욕 메츠가 연패를 당하고 있을 때 찍혔던 사진에서 환하게 웃고 있는 이유는 박건 선수 때문입니다. 박건 선수가 속된 말로 죽을 쑤고 있던 때였거든요. 잭 니퍼트 전 단장이 거액의 포스팅 비용을 지불하고 뉴욕 메츠로 야심 차게 영입했던 박건 선수가 죽을 쑤고 있는 상황이 미겔 카브레라 감독에게는 무척 만족스러웠던 겁니다. 반면 뉴욕 메츠가 연승을 달리고 있을 때 미겔 카브레라 감독이 기뻐하는 대신 영 못마땅한 표정을 짓고 있었던 이유는 박건 선수가 좋은 활약을 펼쳤기 때문입니다. 좀 더 자세히 말씀드리면 박건 선수를 포함해서 폴 바셋, 브라이언 마일스, 그리고 피터 알론소가 함께 맹활약을 펼치면서 연승을 달렸기 때문입니다. 자, 이 정도 설명으로는 아직 납득이 가지 않으실 분들이 많으실 겁니다. 그래서 부연을 드리자면 박건, 폴 바셋, 피터 알론소, 브라이언 마일스, 이 네 선수는 한 가지 공통점을 갖고 있습니다. 그 공통점은 바로 잭 니퍼트 전 단장입니다. 지금은 사임한 잭 니퍼트 전 단장이 영입을 주도했던 선수들이죠. 그 네 선수들이 좋은 활약을 펼치면서 뉴욕 메츠가 연승을 달리는 상황이 미겔 카브레라 감독은 무척 마음에 들지 않았을 겁니다. 미겔 카브레라 감독은 잭 니퍼트 전 단장을 아주 싫어했거든요. 이게 제가 미겔 카브레라 감독에게 뒤끝 작렬이란 수식어를 붙였던 이유입니다. 무능한 데다가 독선적이고 뒤끝까지 작렬하는 속 좁은 감독. 이게 미겔 카브레라 감독의 실체입니다."

'더 독해져서 돌아온 독한 야구' 진행자의 비난은 무척 신랄했다.

비난받고 있는 당사자가 아님에도 불구하고 가슴이 두근거렸을 정도였으니 더 말해 무엇 할까?

"그만… 볼까?"

마이애미 말린스 구단도 세 가지 키워드 중 하나로 선정된 상황.

이 신랄한 비난을 듣게 될 것이 불쑥 두려워진 잭 대니얼스가 고민에 잠겼을 때였다.

"자, 그럼 두 번째 키워드인 뉴욕 메츠로 넘어가겠습니다."

'다행이다.'

마이애미 말린스보다 뉴욕 메츠가 먼저 매를 맞는다는 사실을 알게 된 잭 대니얼스가 안도의 한숨을 내쉬었다.

*   *   *

"내 짐작보다… 훨씬 심각했구나."

톰 힉스가 잔을 들어 절반가량 담겨 있던 위스키를 단숨에 비웠다.

잭 니퍼트 전 단장과 미겔 카브레라 감독의 불화.

뉴욕 메츠 구단주인 톰 힉스가 몰랐을 리 없었다.

그렇지만 톰 힉스는 두 사람 사이에 관여하지 않고 그냥 지켜보기만 했다.

'주도권 싸움.'

메이저리그에서 흔히 볼 수 있는 단장과 감독 사이의 주도권 싸움일 거라고 판단했기 때문이었다.

그러나 방금 '더 독해져서 돌아온 독한 야구' 진행자의 이야기를 듣고 난 후, 자신이 실수했다는 사실을 깨달았다.

톰 힉스가 막연히 생각했던 것보다 훨씬 더 문제가 심각했음을 뒤늦게 알았기 때문이었다.

만약 잭 니퍼트 전 단장이 건강상의 문제로 사임하지 않았다면, 팀을 망칠 뻔했던 상황이었다.

그리고 하나 더.

미겔 카브레라 감독은 톰 힉스의 예상보다 훨씬 더 무능하고 독선적이었다.

그의 무능과 독선은 감독의 고집과 뚝심이란 단어들로 포장할 수 없는 수준이었다.

뉴욕 메츠의 경기력에 심각한 악영향을 미쳤기 때문이었다.

"그런데⋯ 어떻게 이렇게 잘 알지?"

쪼르륵.

병을 들어 빈 잔에 위스키를 따르던 톰 힉스가 흠칫했다.

톰 힉스가 '더 독해져서 돌아온 독한 야구'라는 너튜브 방송을 찾아보게 된 계기는 박건이었다.

"제 팬으로 추정되는 분이 직접 운영하고 있는 개인 방송에는 제가 KBO 리그에서 뛸 당시의 영상이 올라와 있거든요. 그 개인 방송은 '더 독해져서 돌아온 독한 야구'입니다."

박건이 수훈 선수 인터뷰를 하던 도중에 '더 독해져서 돌아온 독한 야구'라는 너튜브 방송을 언급했기 때문에 일부러 찾아본 것이었다. 그리고 '더 독해져서 돌아온 독한 야구'를 시청하던 도중, 톰 힉스는 진행자가 잭 니퍼트 전 단장과 미겔 카브레라 감독 사이 불화의 내막에 대해서 너무 자세하게 알고 있다는 점에 의문을 품은 것이었다.

그러나 그 의문은 오래가지 못했다.

"자, 그럼 두 번째 키워드인 뉴욕 메츠로 넘어가겠습니다."

진행자가 두 번째 키워드인 뉴욕 메츠에 대해 언급하기 시작했기 때문이었다.

"어떤… 얘기를 할까?"

톰 힉스가 의자에서 등을 떼며 영상을 보는 데 집중하기 시작했다.

"뉴욕 메츠 구단에는 최우선 과제가 있습니다. 바로 결정을 내리는 것입니다."

'무슨 결정을 내리라는 거지?'

톰 힉스가 위스키가 담긴 잔을 매만지며 의문을 품었을 때, 진행자의 멘트가 이어졌다.

"미겔 카브레라 감독의 손을 들어줄 것이냐? 잭 니퍼트 전 단장의 손을 들어줄 것이냐? 우선 이 부분에 대한 결정을 내려야 합니다."

그리고 이어진 멘트를 들은 톰 힉스가 황당한 표정을 지었다.

'더 독해져서 돌아온 독한 야구'의 진행자는 불화에 휩싸였던 미겔 카브레라 감독과 잭 니퍼트 전 단장 중 한 사람의 손을 들어줘야 한다는 의견을 피력했다.

그러나 그럴 필요가 없었다.

잭 니퍼트 전 단장이 이미 사임한 후였기 때문이었다.

"착각한 건가?"

해서 톰 힉스가 살짝 실망한 기색을 드러냈을 때였다.

"호랑이는 죽어서 가죽을 남기고, 사람은 죽으면 유산을 남기는 법입니다. 비록 잭 니퍼트 전 단장은 이미 뉴욕 메츠 단장직에서 사임했지만, 그의 유산들은 여전히 뉴욕 메츠에 남아 있습니다."

"착각한 게… 아니었네."

톰 힉스가 표정에서 실망한 기색을 지웠을 때, 멘트가 이어졌다.

"그래서 미겔 카브레라 감독과 잭 니퍼트 전 단장의 불화는 아직 끝난 것이 아니라 현재진행형입니다. 미겔 카브레라 감독은 잭 니퍼트 전 단장이 뉴욕 메츠에 남긴 유산들과 여전히 싸우고 있으니까요. 우선 잭 니퍼트 전 단장이 뉴욕 메츠에 남긴 유산이 대체 무엇이냐에 대해서 설명드리겠습니다. 박건, 폴 바셋, 브라이언 마일스, 피터 알론소까지. 잭 니퍼트 전 단장이 뉴욕 메츠로 영입을 주도했던 이 네 명의 선수들이 바로 그가 남기고 떠난 유산입니다. 솔직히 말씀드리면 저는 잭 니퍼트 전 단장이 단장직에서 사임하고 난 후, 두 사람 사이의 불화가 사라질 것이라고 예상했습니다. 그렇지만 제 예상은 보기 좋게 빗나갔습니다. 미겔 카브레라 감독은 누구도 주목하지 않는 가운데 여전히 잭 니퍼트 전 단장이 남긴 유산들과 싸우고 있으니까요. 아마 이 부분이 잘 이해가 안 가시는 분들도 계실 겁니다. 잭 니퍼트 전 단장이 사임하면서 이미 전쟁에서 이겼는데 왜 계속 싸움이 이어지고 있는 것이냐? 저 역시 이 부분이 잘 이해가 안 갔거든요. 그래서 제가 오랜 고민 끝에 어렵게 찾아낸 이유는… 재평가입니다."

"재평가? 무슨 뜻이지?"

톰 힉스가 호기심을 느끼며 더욱 귀를 기울였다.

"뉴욕 메츠는 오늘 경기까지 승리하면서 5연승을 내달렸습니다. 그리고 뉴욕 메츠가 연승을 거두기 시작한 계기가 무엇인지 아십니까? 바로 선발 라인업에 큰 변화를 준 것이었습니다."

'더 독해져서 돌아온 독한 야구' 진행자의 멘트를 듣던 톰 힉스가 양어깨에 힘을 주며 혼잣말을 꺼냈다.

"내가 지시했지."

몇 경기 패한다고 해도 상관없다.

그러니 박건과 폴 바셋, 피터 알론소, 브라이언 마일스를 경기에 출전시키라고 미겔 카브레라 감독에게 지시했던 장본인은 톰 힉스였다.

미겔 카브레라 감독에게 이런 지시를 내릴 당시만 해도 톰 힉스는 뉴욕 메츠가 연승을 달릴 거라고 전혀 예상하지 못했다.

진짜 몇 경기 패배할 것을 각오하고 내렸던 지시였다.

그러나 톰 힉스의 예상은 보기 좋게 빗나갔다.

뉴욕 메츠는 연패를 당하는 게 아니라 연승을 거두었으니까.

그리고 뉴욕 메츠가 연승을 거둔 이유는 톰 힉스의 지시로 새로이 선발 라인업에 합류한 네 선수들이 공수에서 맹활약을 했기 때문이었다.

'기대 이상.'

그 네 선수들이 맹활약을 펼치는 것을 지켜보면서 톰 힉스의 잭 니퍼트 전 단장에 대한 평가는 바뀌었다.

무능한 단장에서 선수를 보는 안목이 있는 유능한 단장으로.

이렇게 서서히 평가가 바뀌었던 것이었다.

"혹시… 이걸 의미하는 건가?"

아까 '더 독해져서 돌아온 독한 야구'의 진행자는 잭 니퍼트 전 단장이 사임한 후에도 불화가 현재진행형인 이유로 재평가를 언급했었다. 그리고 그가 언급한 재평가가 어쩌면 이

걸 의미하는 게 아닐까 하는 생각이 퍼뜩 든 것이었다.

그런 톰 힉스의 예상은 적중했다.

"뉴욕 메츠가 연승을 달리는 동안 팀의 핵심 역할을 했던 선수들은 새로이 선발 라인업에 합류했던 박건과 폴 바셋, 브라이언 마일스, 피터 알론소입니다. 이 네 선수들의 공통점은 이미 말씀드렸듯이 잭 니퍼트 전 단장이 뉴욕 메츠로 영입을 주도했던 선수들이라는 겁니다. 만약 이 네 선수들이 앞으로도 계속 맹활약을 펼치면서 뉴욕 메츠가 호성적을 거두게 된다면 어떻게 될까요? 무능한 단장이라는 평가 속에 일신상의 이유로 단장직에서 사임했던 잭 니퍼트 전 단장에 대한 재평가가 이뤄질 것입니다. 선수의 잠재력을 볼 줄 아는 유능한 단장. 미겔 카브레라 감독은 이렇게 잭 니퍼트 전 단장에 대한 재평가가 이뤄지는 것이 불안하고 싫을 겁니다. 그럼 미겔 카브레라 감독은 어떤 선택을 내릴까요? 간단합니다. 이 네 선수들에게 경기 출전 기회를 주지 않으려고 할 겁니다."

"설마."

톰 힉스가 설마 그렇게까지 할까라고 생각했을 때였다.

"에이, 설마 그렇게까지 하겠어? 이렇게 생각하시는 분들이 많을 겁니다. 하지만 설마가 사람 잡는다는 말이 괜히 있는 것이 아닙니다. 무능한 데다가 열등감까지 갖추고 있는 미겔 카브레라 감독이라면 그렇게까지 하고도 남을 겁니다. 그래도 제 말을 못 믿겠다고 하시는 분들은 올 시즌 초반에 미겔 카브레라 감독이 박건 선수를 경기에 기용했던 패턴을 확인해 보십시오. 그 기용 패턴을 통해서 박건 선수가 어떻게 타격감을 유지하지 못하게 만들었는가를 확인하시고 나면 제가 지금 과장하고 있는 것이 아님을 아시게 될 겁니다. 어쨌든… 그래서 제가 아까 뉴욕 메츠의 최우선 과제는 결정을 내리는 것이라고 말씀드렸던 겁니다. 미겔 카브레라 감독이냐? 아니면 잭 니퍼트 전 단장이냐? 누구의 손을 들어줄지 결정을 내려야만 다음으로 나아갈 수 있기 때문입니다."

후릅.

톰 힉스가 위스키를 마신 후 손깍지를 꼈다.

지금 '더 독해져서 돌아온 독한 야구' 진행자가 하는 이야기가 꼭 자신에게 하는 이야기처럼 느껴졌기 때문이었다.

"우유부단한 뉴욕 메츠 구단주. 어서 결정을 내려야 합니다."

이렇게 재촉하는 듯한 느낌을 받은 톰 힉스가 한숨을 내쉬었을 때였다.

"그런데 결정을 내리는 것은 그리 어렵지 않습니다. 아니, 이미 답은 나와 있다고 해도 과언이 아닙니다."

'이미 답이 나와 있다고?'

톰 힉스가 황당한 표정을 지었다.

어느 쪽의 손을 들어줄지 결정권을 가진 것은 자신이었다.

정작 결정권자인 자신이 어떤 결정도 내리지 못한 상황인데 이미 답이 나와 있다는 이야기를 듣고 나서 황당함을 느낀 것이었다.

"아까도 말씀드렸지만 미겔 카브레라 감독은 무능하고 독선적인 데다가 뒤끝도 쩌는 최악의 감독 중 한 명입니다. 그러나 미겔 카브레라 감독을 지금 시점에 내치는 것은 현실적으로 어렵습니다. 일단 마땅한 대안이 마련된 상황이 아닐 것이고, 단장직이 공석인 상태에서 감독까지 시즌 도중에 내치는 것은, 뉴욕 메츠가 올 시즌을 포기하는 것이나 마찬가지이니까요."

"현실적으로… 어렵다."

톰 힉스가 그 말을 되뇌었다.

'더 독해져서 돌아온 독한 야구' 진행자의 의견대로라면 미겔 카브레라는 무능하기 짝이 없는 감독이었다. 그리고 그가 여태까지 팀을 이끌어온 방식을 찬찬히 되짚어보면 미겔 카브레라는 무능한 감독이 맞았다.

그렇지만 문제는 톰 힉스가 그 사실을 너무 늦게 알았다는 사실이었다.

만약 미겔 카브레라가 이 정도로 형편없는 감독이라는 사실을 좀 더 일찍 알았다면?

톰 힉스는 미련 없이 그를 경질했을 것이었다.

지난 시즌이 끝나자마자 미겔 카브레라 감독을 경질하고 새로운 감독 후보를 물색했을 텐데.

그러나 톰 힉스는 미겔 카브레라 감독의 무능함을 너무 늦게 알았기에 그를 경질할 타이밍을 놓쳐 버렸다.

또, 미겔 카브레라 감독을 경질하는 상황을 대비해서 지금까지 어떤 대안도 마련하지 못한 상태였다.

어떤 대안도 없이 미겔 카브레라 감독을 돌연 경질할 수는 없는 노릇.

게다가 잭 니퍼트 전 단장이 갑작스레 사임하면서 현재 뉴욕 메츠 단장직은 공석이었다.

이런 상황에서 미겔 카브레라 감독마저 경질한다면?

뉴욕 메츠 선수들은 동요할 것이 분명했다. 그리고 팬들도 올 시즌을 포기한 것으로 간주하고 비난의 목소리를 높일 것이 자명했다.

'이미 답은 나와 있다는 이야기가 맞았어.'

톰 힉스는 미겔 카브레라 감독을 경질할 수 없다는 사실을 진즉에 알고 있었다. 그래서 쇼케이스 무대를 마련해서 잭 니퍼트 전 단장이 뉴욕 메츠에 남긴 유산이라 할 수 있는 네 선수들을 트레이드 시장에 내놓은 것이었다.

'이게… 과연 잘한 결정일까?'

당시만 해도 톰 힉스는 이 네 선수들을 잭 니퍼트 전 단장이 남긴 골칫덩어리들이라고 판단했었다.

뉴욕 메츠에 전혀 도움이 되지 않는다고 판단했기 때문이었다.

그러나 지금은 생각이 바뀌었다.

뉴욕 메츠가 연승 가도를 달리는 동안, 이 네 선수들의 활약상을 직접 눈으로 확인했기 때문이었다.

'내가 틀렸어. 골칫덩어리들이 아니라… 유산이 맞아.'

잭 니퍼트 전 단장이 아니라 미겔 카브레라 감독의 손을 들어주는 것이 과연 옳은 선택인가?

더 이상 옳은 선택이라는 확신이 서지 않을 정도로 이 네 선수들은 빼어난 활약상을 선보이고 있었다.

"그럼 남은 것은 잭 니퍼트 전 단장이 남긴 유산인 이 네 선수들을 어떻게 처리하는가입니다. 그리고 이 문제에 대한 답도 의외로 간단합니다. 계속 함께할 수 없다면 이 네 선수들을 활용해서 뉴욕 메츠가 현시점에 안고 있는 약점을 해소해야 합니다. 뉴욕 메츠의 약점이 무엇인가에 대해서는 아까 이미 말씀드렸죠? 노쇠화한 탓에 불안한 불펜진이라는 약점을 지우기 위해서는 필승조로 활용할 수 있는 최소 두 명의 불펜투수 영입이 필요합니다. 그리고… 뉴욕 메츠가 협상에 임해야 할 구단은 제가 세 번째 키워드로 선정했던 마이애미 말린스입니다. 그럼 지금부터 세 번째 키워드인 마이애미 말린스 구단에 대한 이야기를 시작해 보겠습니다."

제5장

"그럼 지금부터 세 번째 키워드인 마이애미 말린스 구단에 대한 이야기를 시작해 보겠습니다."

'더 독해져서 돌아온 독한 야구' 진행자가 세 번째 키워드인 마이애미 말린스 구단에 대한 이야기를 시작하겠다고 선언한 순간, 잭 대니얼스가 자세를 고쳐 앉았다.

"끌까? 말까?"

괜히 프로그램 제목을 '더 독해져서 돌아온 독한 야구'라고 지은 것이 아니었다.

첫 번째 키워드였던 미겔 카브레라 감독.

두 번째 키워드였던 뉴욕 메츠 구단.

이 두 가지 키워드들에 대해 언급하는 과정에서 '더 독해져서 돌아온 독한 야구' 진행자는 뼈를 때릴 정도로 아픈 독설 아닌 독설을 날렸다.

'얼마나 아픈 독설을 날릴까?'

그래서 벌써 겁이 나는 것이었다.

그로 인해 방송을 꺼버릴까에 대해 고민하던 잭 대니얼스는 결국 마우스를 향해 뻗던 손을 거둬들였다.

'왜 세 번째 키워드로 마이애미 말린스를 선택했을까?'

이런 호기심이 두려움을 눌렀기 때문이었다.

그때, 진행자의 멘트가 재개됐다.

"마이애미 말린스는 한심하기 짝이 없는 구단입니다."

'시작부터… 강렬한 독설이네.'

어느 정도 각오는 하고 있었지만, '더 독해져서 돌아온 독한 야구' 진행자는 독설부터 시작했다.

그래서 잭 대니얼스가 표정을 굳혔을 때였다.

"만년 꼴찌라는 순위 때문에 이런 비난을 한 것은 아닙니다. 제가 비난한 이유는 마이애미 말린스가 수두룩한 약점을 안고 있으면서도 그 약점들을 보완할 의지를 내비치지 않고 있기 때문입니다."

"나름… 노력하고 있네."

잭 대니얼스가 변명하듯 말했다.

'더 독해져서 돌아온 독한 야구'의 멘트가 자신을 비난하는 것처럼 느껴져서 무심결에 변명을 꺼냈던 것이었다.

그 변명을 듣기라도 했을까?

"물론 이 이야기를 들은 마이애미 말린스 구단 관계자들은 팀의 약점을 보완하기 위해서 나름 노력하고 있다는 변명을 할 겁니다."

'도청 당하고 있는 것 아냐?'

그 멘트를 듣고 당황한 잭 대니얼스가 흠칫 놀랐을 때였다.

"그러나 과연 그런 변명이 먹혀들까요? 그리고 과연 최선을 다했다고 자부할 수 있을까요? 제가 판단하기에는 아닙니다. 그동안 그들이 해왔던 노력들을 보면 구두쇠 스크루지 영감도 두 손 두 발을 다 들고 혀를 내두를 정도이니까요. 저비용 고효율을 낼 수 있는 선수를 영입하겠다. 이것이 마이애미 말린스 구단의 선수 영입 철학입니다. 그런데 이 영입 철학부터 문제가 있습니다. 적은 비용을 들여서 실력이 뛰어난 선수를 마이애미 말린스로 영입하겠다? 말 그대로 도둑놈 심보가 아닙니까? 이런 영입 철학을 계속 고수하다 보니까 마이애미 말린스가 영입할 수 있는 선수는 극히 제한적일 수밖에 없습니다. 게다가 선수들도 이런 마이애미 말린스 구단에 반감을 갖고 기피하기 시작하면서 선수 영입은 점점 더 어려워질 수밖에 없게 됩니다."

'아프네.'

잭 대니얼스가 표정을 굳혔다.

'더 독해져서 돌아온 독한 야구' 진행자가 미겔 카브레라 감독과 뉴욕 메츠에 대해서 독설을 날리는 것을 들을 때도 아팠다.

제삼자 입장에서 독설을 들었을 때도 아팠었는데.

직접 당사자로서 '더 독해져서 돌아온 독한 야구' 진행자의 독설을 들으니까 아까와 비교가 불가능할 정도로 아팠다.

그리고 더 아프게 느껴진 점은 반박할 수가 없다는 점이었다.

"이게 마이애미 말린스 구단의 선수 수급이 원활하지 못하고 어려움을 겪고 있는 이유죠. 또 마이애미 말린스 구단이 수두룩한 약점들을 보완하지 못하고 있는 이유이기도 하죠. 가장 확실한 방법은 저비용 고효율을 낼 수 있는 선수를 영입하겠다는 구단의 영입 철학을 바꾸는 것입니다. 그러나 스몰마켓 구단인 마이애미 말린스 입장에서 이런 영입 철학을 바꾸는 것은 결코 쉽지 않죠. 아니, 불가능하죠. 그럼 마이애미 말린스 구단이 약점을 보완할 수 있는 방법은 딱 하나밖에 없습니다. 트레이드죠. 그런데 트레이드라는 것이 그리 쉽게 성사되지 않습니다. 이런저런 이유들로 인해 트레이드 성사 일

보 직전에 무산되기 일쑤이니까요. 그래도 계속 미루고 있을
수만은 없습니다. 이대로라면 올 시즌에도 마이애미 말린스는
내셔널리그 동부 지구 꼴찌를 차지할 테니까요."

─내셔널리그 동부 지구 유력 꼴찌 후보.

올 시즌 개막을 앞두고 전문가들은 마이애미 말린스를 내
셔널리그 동부 지구의 꼴찌 후보로 예상했다.

'그 예상이 빗나가게 만들어주마.'

잭 대니얼스가 당시 했던 다짐이었다.

그러나 올 시즌이 중반으로 접어들고 있는 현시점에서 마이
애미 말린스는 내셔널리그 동부 지구 최하위였다.

그 과정에서 잭 대니얼스가 깨달은 것은 하나.

의욕만으로 객관적인 전력 차를 극복하는 것은 불가능하다
는 점이었다.

게다가 더 안타까운 것은 마이애미 말린스에 마땅한 반등
요인이 없다는 점이었다.

'더 독해져서 돌아온 독한 야구' 진행자의 예측이 옳았다.

이대로라면 마이애미 말린스는 올 시즌에도 내셔널리그 동
부 지구 꼴찌로 씁쓸하게 시즌을 마감할 확률이 높았다.

'마땅한… 방법이 없어.'

새드 엔딩이 눈에 불 보듯 기다리고 있는 상황.

잭 대니얼스라고 해서 가만히 손 놓고 새드 엔딩을 향해 달려가고 싶지는 않았다.

그러나 문제는 이 어려운 상황을 타개할 마땅한 방법을 찾지 못했다는 점이었다.

그때, 진행자의 멘트가 이어졌다.

"마땅한 방법이 없다. 잭 대니얼스 단장을 비롯한 마이애미 말린스 구단 결정권자들은 아마 이렇게 판단하고 있을 겁니다."

그 멘트를 들은 잭 대니얼스가 또 한 번 흠칫했다.

'도청은… 아니네.'

이번에는 입을 열어 혼잣말을 했던 게 아니었다.

마음속으로 마땅한 방법이 없다고 생각했다.

그럼에도 불구하고 '더 독해져서 돌아온 독한 야구' 진행자는 정곡을 찔렀다.

그로 인해 도청을 당하고 있는 건 아니구나 하는 안도와 함께 놀란 감정을 동시에 느꼈을 때였다.

"그런데 정말 마땅한 방법이 없을까요? 분명히 방법이 있습니다. 다만 고정관념에 사로잡혀 있기 때문에 방법을 찾지 못하는 겁니다."

"고정관념? 내가 어떤 고정관념에 사로잡혀 있다는 거지?"

잭 대니얼스가 다시 혼잣말을 꺼냈을 때였다.

"우리 팀의 강점은 지키고 약점은 보완한다.' 이게 메이저리그 단장들이 트레이드에 임하는 마음가짐입니다. 아마 모든 메이저리그 단장들이 비슷한 생각을 갖고 있을 겁니다. 그래서 트레이드가 성사되기 어려운 것이죠. 어쨌든… 우리 팀의 강점은 지키고 약점을 보완한다는 생각이 틀린 것은 아닙니다. 다만 상황에 따라서는 다른 마음가짐으로 트레이드에 접근해야 할 필요가 있죠."

"상황에 따라서는 다른 마음가짐으로 트레이드에 접근할 필요가 있다? 나한테 하는 조언인가?"

잭 대니얼스가 두 눈을 빛낸 순간, 진행자의 멘트가 이어졌다.

"음, 잠시만 기다려 주십시오. 제가 사진을 하나 올리겠습니다. 자, 됐습니다."

"자동차?"

잠시 후, 스마트폰 화면에 떠오른 사진은 스포츠카였다.

차종도, 연식도 알 수 없는 빨간색 스포츠카의 사진.

그 자동차 사진을 확인한 잭 대니얼스가 의문을 품었을 때였다.

"이 스포츠카는 겉으로 보기에는 아주 그럴듯해 보입니다. 그런데 연식이 30년이 훌쩍 넘은 구형 스포츠카입니다. 게다가 스포츠카의 주인이 관리도 제대로 하지 않아서 여러 가지 문제를 갖고 있습니다."

"연식이 30년이 넘었다? 그렇게 오래된 스포츠카였나?"

사진상 스포츠카의 외양은 무척 그럴듯했다.

그래서 신형 스포츠카라고 착각할 정도였다.

"이 스포츠카가 갖고 있는 문제점들을 열거해 보겠습니다. 일단 엔진이 마모되고 손상된 채 방치된 탓에 시동이 걸릴 때보다 시동이 걸리지 않을 때가 더 많습니다. 또, 조수석 문도 고장이 난 상태로 발로 힘껏 걷어차야만 차 문이 열립니다. 그리고 에어컨도 고장 나서 한여름에는 차량 내부가 찜통이나 마찬가지입니다. 또 뭐가 있더라? 맞다. 타이어도 많이 손상된 상태라 언제 펑크가 나도 이상하지 않은 상황입니다. 이 스포츠카의 유일한 장점은 도색과 광택에 신경을 기울인 터라 외양이 무척 그럴듯하다는 것뿐입니다. 만약 여러분이 이스포츠카의 주인이라면 어떤 문제부터 고치실 겁니까?"

'엔진? 타이어 교체?'

진행자가 던진 질문에 잭 대니얼스가 부지불식간에 머릿속으로 답을 떠올리고 있을 때였다.

채팅창에 시청자들의 의견이 올라오기 시작했다.

─자동차의 심장은 엔진. 엔진부터 고쳐야지.

―나한테 보내라. 나 정비공이다.

―뭘 고치고 난리냐? 그냥 폐차해라.

―박물관에 기증하삼.

―나라면 새 차를 살 거다.

잭 대니얼스가 채팅창에 올라오는 여러 의견들에 시선을 빼앗겼을 때, 진행자가 질문에 대한 답을 알려주었다.

"한꺼번에 수리해야 합니다."

'이게… 정답이네.'

잭 대니얼스가 픽 하고 실소를 터뜨렸을 때였다.

"제가 뜬금없이 당장 폐차를 시켜도 이상하지 않을 스포츠카의 사진을 올린 이유에 대해 의문을 품은 분들이 많을 겁니다. 그렇지만 분명히 이유가 있습니다. 사진 속 폐차 일보 직전의 상황에 처한 스포츠카와 마이애미 말린스가 현재 처해 있는 상황이 무척 흡사하기 때문입니다."

"저 폐차 일보 직전의 스포츠카와 마이애미 말린스가 처해 있는 상황이 흡사하다고?"

잭 대니얼스가 반사적으로 눈살을 찌푸렸다.

"저 정도는 아닌데……."

살짝 언성을 높인 채 반박하던 잭 대니얼스가 도중에 입을 다물었다.

'정말 저 정도는 아닐까?'

문득 그런 생각이 들어서였다.

―와아, 비유 끝내주네.

―BJ 하지 말고 시를 써라.

―감히 마이애미 말린스에 비교하다니. 스포츠카한테 사과해라.

―조심하세요. 스포츠카 주인이 명예훼손으로 BJ 고소할 수 있음.

그리고 채팅창에 올라온 글들을 읽어 내려가던 잭 대니얼스의 표정이 딱딱하게 굳어졌을 때였다.

"엔진, 문짝, 에어컨, 타이어, 오디오까지. 온통 문제점투성이인데 그럴듯한 외양에만 계속 집착하는 게 과연 맞을까요? 칠이 벗겨지는 것을 두려워하며 수리를 망설이는 것보다 문제점들을 모두 수리하는 것이 더 맞는 게 아닐까요?"

잭 대니얼스가 혀를 내밀어 바싹 마른 입술을 훑었다.

"마이애미 말린스는 투타 모두에서 문제점투성이다. 그런데… 유일한 강점이라 할 수 있는 두터운 불펜진이 손상을 입는 것이 두려워서 트레이드에 소극적인 것이 과연 맞다고 생각하느냐? 이런 뜻이로군."

잭 대니얼스는 바보가 아니었다.

'더 독해져서 돌아온 독한 야구' 진행자가 지금까지 한 말에 담긴 숨은 의미쯤은 간파할 수 있었다.

"마이애미 말린스에게는 이제 남은 시간이 많지 않습니다. 더 늦기 전에 반등의 요인을 찾지 못한다면 이번 시즌도 보나 마나 실패로 끝날 겁니다. 그리고 지금 수많은 문제점들을 한 번에 싹 해결할 수 있는 기회가 운 좋게 찾아왔습니다. 만약 이 기회를 놓치게 된다면… 마이애미 말린스의 암흑기는 앞으로도 계속 이어질 겁니다. 오늘 방송은 여기까지 하죠."

'예상했던 것보다… 더 아프네.'

당사자로서 '더 독해져서 돌아온 독한 야구' 진행자가 던지는 신랄한 독설을 듣는 것.

막연히 예상했던 것보다 더 아팠다.

그럼에도 불구하고 잭 대니얼스는 도망치지 않고 끝까지 방송을 시청하길 잘했다고 판단했다.

덕분에 난파 일보 직전인 마이애미 말린스호를 수리할 수 있는 방법을 찾아냈으니까.

'서둘러야 해.'

그런 잭 대니얼스의 마음이 조급해졌다.

콜로라도 로키스와 템파베이 레이스, 그리고 애틀랜타 브레이브스가 트레이드 시장에 뛰어들었다는 사실을 알고 있기 때문이었다.

그때였다.

"아, 무척 중요한 이야기를 하나 빠뜨렸네요."

'아직도 남은 이야기가 있나?'

잭 대니얼스가 다시 귀를 쫑긋 세웠을 때, '더 독해져서 돌아온 독한 야구' 진행자의 멘트가 이어졌다.

"제 방송이 마음에 들었다면 구독과 좋아요를 누르는 것, 절대 잊으시면 안 됩니다. 만약 구독과 좋아요를 누르지 않고 그냥 떠나시는 분들에게는 제 독설이 쏟아질 겁니다."

'무섭네.'

픽 웃은 잭 대니얼스가 스마트폰에 저장된 연락처를 검색했다. 그리고 조 매팅리 감독의 연락처를 찾아낸 잭 대니얼스가 통화 버튼을 눌렀다.

"날세."

"단장님, 이 시간에 무슨 일로 연락하셨습니까?"

"난파 직전인 우리 구단이 걱정돼서 잠이 안 와서 말이지."

"네? 네."

"지금 좀 만나세."

"지금… 이요?"

"혹시 '더 독해져서 돌아온 독한 야구'라는 너튜브 개인 방송에 대해서 알고 있나?"

"금시초문입니다."

"그럼 지금 찾아보게. 그리고 그걸 다 시청하고 난 후 나와 만나세."

"일단… 알겠습니다."

조 매팅리 감독에게서 대답이 돌아온 순간, 잭 대니얼스가 통화 종료 버튼을 누르려다가 멈칫하며 다시 입을 뗐다.

"아, 하나 더."

"또 뭡니까?"

"구독과 좋아요."

"……?"

"이 두 가지를 잊지 말게."

조 매팅리 감독에게 충고한 잭 대니얼스가 '더 독해져서 돌아온 독한 야구'의 다시보기를 눌렀다.

잠시 후, KBO 리그 시절 박건의 투구 영상을 유심히 지켜보던 잭 대니얼스가 두 눈을 빛내며 혼잣말을 꺼냈다.

"과연… 대안이 될까?"

*　　　*　　　*

"너튜브에 처음으로 진출한 소감이 어떠십니까?"

박건이 질문하자마자, 이용운에게서 대답이 돌아왔다.

"확실히 다르다."

"팟캐스트 방송을 할 때와는 많이 다를 수밖에요."

너튜브 개인 방송과 팟캐스트 방송의 가장 큰 차이점.

너튜브 개인 방송에서는 영상과 사진을 제공할 수 있다는 점이었다.

물론 다른 개인 방송 BJ들처럼 직접 방송에 진행자로 등장할 수는 없었다.

그렇지만 야구 영상이나 각종 사진들을 올릴 수 있다는 점은 분명히 다른 점이었다.

그래서 박건이 대답했을 때, 이용운이 정정했다.

"내가 말한 차이점은 그게 아니다."

"그럼요?"

"한국과 미국이 다르다. 역시 난 아메리카 스타일이라는 걸 이번에 확실히 깨달았다."

"……?"

"내 독설을 듣고 난 후 좋아서 죽으려고 하잖아."

이용운이 흡족한 표정으로 덧붙였다.

박건도 반박하거나 부인하지 못하고 인정했다.

방송이 끝나고 난 후에도 채팅방의 반응이 무척 뜨거웠기 때문이었다.

―딱 내가 기다렸던 방송이다.

―속이 다 후련하네.

―독설 들을까 봐 무서워서 구독과 좋아요 눌렀음.

―지금까지 듣도 보도 못 했던 신박한 독설 방송.

'진짜… 먹히네.'

이용운의 독설이 미국에서 먹힌다는 사실에 박건이 신기한 감정을 느꼈을 때였다.

"더 마음에 드는 점이 뭔지 알아?"

"무엇입니까?"

"후배가 마이애미 말린스 선수가 된다는 점이야."

이용운이 살짝 들뜬 목소리로 대답했다.

그 이야기를 들은 박건이 손사래를 쳤다.

"일전에 너무 앞서가지 말자고 선배님이 말씀하셨잖습니까?"

트레이드와 관련해서 아직 결정된 것은 아무것도 없었다.

그러니 박건이 마이애미 말린스 선수가 될 거란 이용운의 이야기는 너무 시기상조라고 판단한 것이었다.

하지만 이용운은 자신의 주장을 굽히지 않았다.

"마이애미 말린스의 잭 대니얼스 단장이 분주히 움직이고 있을 것이다. 아마 지금쯤 조 매팅리 감독을 만나고 있을걸."

"왜 잭 대니얼스 단장과 조 매팅리 감독이 만난 겁니까?"

"마이애미 말린스는 뉴욕 메츠와 다르거든."

"……?"

"단장과 감독 사이가 그리 나쁜 편이 아니다. 둘이 모여서 머리를 맞댄 채 마이애미 말린스를 수렁에서 건질 방법에 대해 논의하고 있을 것이다."

*　　　*　　　*

호텔 라운지 바.

맥주를 홀짝이며 마시던 잭 대니얼스가 유니폼을 입고 라운지 바 안으로 들어서는 조 매팅리 감독을 확인하고 두 눈을 크게 떴다.

"왜… 유니폼을 입고 찾아온 건가?"

"옷을 갈아입을 시간이 없을 것 같아서요."

"응?"

"이야기가 길어질 것 같다는 예감을 받았습니다."

모자를 벗었다가 다시 쓰며 대답하는 조 매팅리 감독에게 잭 대니얼스가 물었다.

"뭘로 마실 텐가? 위스키?"

"저도 맥주로 마시겠습니다."

"맥주는 싱거워서 좋아하지 않는다고 말하지 않았었나?"

"맥주를 좋아하진 않지만 오늘은 그냥 맥주를 마시겠습니다. 독한 술을 마시다가 취하면 곤란할 것 같아서요."

"알겠네. 여기 같은 걸로 두 병 더 부탁하네."

잭 대니얼스가 고개를 끄덕이며 맥주를 주문했다.

그사이, 조 매팅리가 비어 있던 잭 대니얼스의 옆 좌석에 앉으며 입을 뗐다.

"왜 단장님께서 그런 충고를 하셨는지 알겠습니다."

"응?"

"구독과 좋아요를 잊지 마라. 통화 말미에 이렇게 충고하셨지 않습니까?"

"아, 그걸 말한 거로군."

"저에 대한 단장님의 애정이 느껴져서 좋았습니다."

"내 애정을 느꼈다?"

"제가 '더 독해져서 돌아온 독한 야구' 진행자에게 독설을 듣게 될까 봐 걱정이 돼서 그런 충고를 해주셨던 것 아닙니까?"

"자넨 참……."

"자넨 참 뭡니까?"

"눈치가 빨라서 좋아."

잭 대니얼스가 픽 웃으며 새로 도착한 맥주병을 향해 손을 뻗었을 때였다.

"브라이언 모란을 트레이드 카드로 활용하실 생각이십니까?"

조 매팅리가 불쑥 질문했다.

"어떻게 알았나?"

"'더 독해져서 돌아온 독한 야구'라는 방송을 보고 난 후, 이 방송을 보고 찾아오라고 말씀했던 단장님의 의중이 대체 무엇일까에 대해서 고민해 봤습니다. 그랬더니 이런 결론이 나왔습니다."

"역시 자넨 눈치가 빨라."

브라이언 모란은 마이애미 말린스 필승조의 핵심 선수.

잭 대니얼스가 그런 브라이언 모란을 트레이드 카드로 활용할 것임을 알게 됐음에도 조 매팅리는 당황하거나 놀라지 않았다.

담담한 신색을 유지하고 있었다.

"그런데 왜 놀라지 않나?"

"더 놀랄 일도 없습니다."

"응?"

"어차피 올 시즌은 실패입니다. 조금 덜 실패하든, 조금 더 많이 실패하든 별반 차이가 없으니까요."

브라이언 모란이 팀에 남아서 계속 필승조의 한 축을 맡아

준다면 마이애미 말린스는 몇 경기 승리를 더 거둘 수 있다.

그렇지만 브라이언 모란이 없어서 몇 경기 더 패한다고 해도 크게 달라질 것은 없다.

마이애미 말린스가 지구 최하위로 올 시즌을 마감하는 것은 마찬가지이기 때문이다.

방금 조 매팅리가 꺼낸 대답에 담긴 의미였다.

"브라이언 모란을 트레이드 카드로 활용해서 마이애미 말린스로 영입하려는 선수는 누구입니까?"

맥주를 한 모금 마신 후 조 매팅리가 물었다.

"그게 왜 궁금한가?"

잭 대니얼스가 대답 대신 반문했다.

"그야 제가 현장 책임자인 감독이니까……."

"브라이언 모란을 트레이드 카드로 활용해서 누구를 영입하던 간에 몇 경기 더 승리를 거두는 게 다일 텐데. 어차피 마이애미 말린스가 지구 최하위로 올 시즌을 마감하는 것은 마찬가지일 것 아닌가?"

"……?"

"자네 말대로라면 놀랄 일도, 그다지 중요한 일도 아니지 않은가?"

잭 대니얼스의 지적을 들은 조 매팅리의 낯빛이 창백해졌다.

그 반응을 살피던 잭 대니얼스가 다시 입을 뗐다.

"자넨 눈치만 빠른 게 아니라 적응도 빠르군."

"무슨… 뜻입니까?"

"아주 빠른 속도로 마이애미 말린스 구단에 적응했단 뜻이네."

여전히 영문을 모르겠단 표정을 짓고 있는 조 매팅리에게 잭 대니얼스가 부연하기 위해서 입을 열었다.

"나와 면접을 할 당시에 자네가 밝혔던 포부를 기억하나?"

"3년 안에… 지구 우승을 차지하겠다고 말씀드렸습니다."

"다행히 기억하고 있군."

천천히 고개를 끄덕인 잭 대니얼스가 다시 물었다.

"자네가 감독으로 부임한 2년 차인 지금 현재 마이애미 말린스의 순위는 내셔널리그 동부 지구 최하위네."

"…죄송합니다."

"내가 탓하는 건 마이애미 말린스의 성적이 아냐. 마이애미 말린스가 지구 최하위에 처져 있는데도 자네가 전혀 초조해하지 않고 있다는 것에 화가 나는 거지."

"그건……"

조 매팅리의 말문이 막힌 순간, 잭 대니얼스가 덧붙였다.

"어느새 꼴찌 구단에 어울리는 감독이 됐군."

*   *   *

톰 힉스가 위스키를 비우고 잔을 내려놓은 후, 탁자 위에 꺼내놓았던 책을 향해 오른손을 뻗었다.

〈성공한 리더가 되는 101가지 조건〉

각 분야에서 성공한 리더들의 성격과 습관을 오랫동안 연구하고 분석한 저자가 발간한 책은 톰 힉스의 인생 지침서 역할을 했다.

뉴욕 메츠 구단주로서 어떤 결단을 내려야 하는 순간이 찾아왔을 때마다 톰 힉스는 이 책을 다시 꺼내 읽었었다.

파라락.

책을 들고 책장을 넘기던 톰 힉스가 멈췄다.

─성공한 리더가 되기 위한 37번째 조건, 결심이 섰다면 망설이지 마라.

─성공한 리더가 되기 위한 39번째 조건, 협상의 승자가 되기 위해서 인내심을 길러라.

"모순이군."

톰 힉스가 두 가지 조건들이 적혀 있는 문구를 눈으로 따라 읽은 후 혼잣말을 꺼냈다.

'결심이 섰다면 망설이지 마라'는 조건과 '협상의 승자가 되기 위해서는 인내심을 기르라'는 조건.

서로 상충되는 조건들이란 생각이 들어서였다.

'지금은 39번째 조건을 따라야 할 상황.'

잠시 후, 톰 힉스가 생각했다.

야구 판의 트레이드는 결국 협상이었다. 그리고 협상에서 유리한 고지를 점하기 위해서는 인내심이 필요했다.

그 사실을 잘 알고 있기에 책을 내려놓고 위스키병을 향해 손을 뻗던 톰 힉스는 어느새 병이 비었음을 깨닫고 손을 뻗던 방향을 바꾸었다.

스마트폰을 집어 든 톰 힉스가 저장된 연락처를 검색했다.

잠시 후, 마이애미 말린스 단장인 잭 대니얼스의 연락처를 찾아낸 톰 힉스가 한숨을 내쉬며 통화 버튼을 눌렀다.

"머리는 39번 조건을 따르라 하는데⋯ 마음은 37번 조건을 따르라 하는군."

*　　　　*　　　　*

"방금 누구라고 하셨습니까? 일단 알겠습니다. 남은 시간이 그리 많지 않다는 것, 저희도 마찬가지 입장입니다. 최대한 빨리 결정을 내리고 답을 드리겠습니다."

잭 대니얼스가 통화를 마치자 조 매팅리가 호기심을 참지 못하고 질문했다.

"누구와 통화하신 겁니까?"

"뉴욕 메츠의 톰 힉스 구단주네."

"이 시간에 왜……?"

"트레이드 때문에 전화했네. 남은 시간이 별로 없다는군."

"왜 시간이 없다는 겁니까?"

"오늘까지 결론을 내리지 않으면 박건이 KBO 리그로 복귀하게 되기 때문이네."

'솔직해서 좋네.'

잭 대니얼스가 맥주를 한 모금 마시며 생각했다.

타 구단 단장들과 트레이드에 대한 논의를 할 때면 이야기가 핵심으로 들어가지 못하고 주변을 빙빙 맴돌기 일쑤였다.

서로 속내를 감춘 채로 협상에 임하기 때문이었다.

그런데 뉴욕 메츠 톰 힉스 구단주와의 논의는 달랐다.

그는 굳이 속내를 감추려 들지 않고 솔직하게 상황을 설명했다.

'단장이 아니라서 그럴 수도 있지.'

톰 힉스의 직책은 뉴욕 메츠 구단주였다.

잭 니퍼트 전 단장이 일신상의 사유로 갑작스레 사임한 탓에 후임자를 아직 구하지 못해서 임시 단장 역할까지 맡고 있는 상황.

톰 힉스가 단장이 아니라 구단주라는 것이 이런 차이를 만들어내는 것이라고 잭 대니얼스가 짐작했을 때였다.

"브라이언 모란을 트레이드 카드로 활용해서 마이애미 말린스로 영입하려는 선수가 박건입니까?"

조 매팅리가 질문했다.

"그 이야기는 조금 뒤로 미루세."

잭 대니얼스가 대답을 미루자, 조 매팅리가 의아한 시선을 던졌다.

"하지만 아까 남은 시간이 별로 없다고 말씀하지 않으셨습니까?"

"급할수록 돌아가란 속담이 있네. 그래서 먼저 확인해야 할 것이 있네."

"그게 뭡니까?"

"자네."

"……?"

"자네가 과연 마이애미 말린스 감독에 어울리는 인재인가를 확인하는 게 우선이라고 판단했네."

예상치 못했던 전개여서일까.

조 매팅리가 당황한 기색으로 물었다.

"제 감독직이 위험한 겁니까?"

"그러하네."

"마이애미 말린스의 올 시즌 성적이 부진하기 때문입니까?"

"맞네."

"하지만……."

"원래 마이애미 말린스는 약팀이었다. 그러니 내가 성적 부진의 책임을 모두 짊어지는 것은 부당하다. 이렇게 주장하고 싶은 건가?"

"…그렇습니다."

조 매팅리에게서 예상했던 대답이 돌아온 순간, 잭 대니얼스가 다시 입을 열었다.

"착각이네. 내가 자네의 경질을 고려하고 있는 이유는 마이애미 말린스의 성적이 부진하기 때문이 아닐세."

"그럼… 무슨 이유 때문입니까?"

"초심을 잃었기 때문이네."

"초심… 이요?"

"면접 당시 내가 자넬 높이 평가했던 이유는 마이애미 말린스를 강팀으로 변모시키겠다는 강한 의지와 의욕을 드러냈기 때문이었네. 그런데… 지금은 그 강한 의지와 의욕이 보이지 않네."

'패배 의식에 젖었어.'

인간은 적응의 동물이었다.

패배에 익숙해지다 보면, 무기력해지기 마련이었다.

그리고 조 매팅리도 마찬가지였다.

어느새 마이애미 말린스라는 메이저리그 최약팀에 어울리는 감독으로 변해 있었다.

"빨간색 스포츠카, 기억하나?"

"'더 독해져서 돌아온 독한 야구' 진행자가 방송 중에 마이애미 말린스와 비교했던 고물 스포츠카를 말씀하시는 겁니까?"

"맞네. 그리고 난 그 비교가 적절하다고 생각하네. 엔진, 문짝, 에어컨, 타이어 등등. 겉은 번지르르하지만 실상은 온갖 문제투성이인 스포츠카와 마이애미 말린스 구단이 비슷하다고 생각하지 않나?"

"저도… 같은 의견입니다."

"그래서 번지르르한 외양을 포기할 생각이네."

"……?"

"외양에 흠집이 나더라도 내부의 문제들을 싹 뜯어고쳐서 잘나가는 스포츠카로 만들 계획을 갖고 있네."

"어떻게……?"

"방법은 트레이드네."

맥주를 한 모금 마시며 잠시 뜸을 들인 후 잭 대니얼스가 말을 이었다.

"난 노후한 스포츠카를 수리할 좋은 기회를 얻었다고 생각하네. 아니, 어쩌면 두 번 다시는 찾아오지 않을 수도 있는 엄청난 기회를 얻었다고 판단하네. 그래서 무슨 수를 써서라도 이 기회를 살릴 생각이네. 그러다 보니 과연 자네가 수리를 마친 스포츠카의 운전자로 적합한가, 라는 의문이 깃들었네. 자, 대답해 보게. 내가 스포츠카의 수리를 마친다면 자네가 잘 운전할 자신이 있나?"

"안전하게 운전할 자신이······."

잭 대니얼스가 고개를 흔들며 조 매팅리의 대답을 도중에 끊었다.

"내가 원하는 건 안전 운전이 아닐세. 내가 수리한 스포츠카를 갖고 참가하려는 것은 레이싱 경주이니까. 자네도 알다시피 노후된 스포츠카의 점검 문제로 레이싱에 참가한 다른 경쟁 차량들보다 출발이 한참 늦었네. 그러니 이번 레이싱 경주의 목적지에 도착할 때까지 과속을 해도 좋고 레이싱 도중에 접촉 사고가 난다 하더라도 상관없네. 어차피 번지르르한 외양은 포기한 상태니까."

잭 대니얼스가 설명을 마친 순간, 조 매팅리가 긴장한 채 물었다.

"목표가… 무엇입니까?"

"우승이네."

"우승… 이요?"

"왜? 자신 없나?"

한참을 망설이던 조 매팅리에게서 대답이 돌아왔다.

"해보겠습니다."

그 대답을 들은 잭 대니얼스가 희미한 미소를 머금었다.

"운이 좋군."

"왜 운이 좋다는 겁니까?"

"만약 고민하지 않고 바로 해보겠다고 대답했다면 난 자네를 경질했을 거거든. 감독직을 잃고 싶지 않아서 꺼낸 대답이었을 테니까."

"……?"

"그리고 자신 없다고 대답했어도 경질했을 거야."

"……."

"그런데 그 두 가지 케이스를 모두 피했으니 운이 좋다고 말한 걸세."

후우.

안도의 한숨을 내쉬는 조 매팅리를 힐끗 살핀 잭 대니얼스가 다시 입을 뗐다.

"자, 레이싱 경주에 참가할 스포츠카의 운전자가 정해졌으니 이제 다음으로 넘어갈 차례로군. 어떻게 문제점투성이인 스포츠카를 싹 수리할 생각이냐? 이 부분에 대해 말해주겠네. 아까도 말했듯이 난 수리를 위해 번지르르한 외양을 포기할 생각이네. 그래서 브라이언 모란과 잭 스튜어트를 트레이드 카드로 활용할 생각이네."

"쿨럭. 쿨럭."

마이애미 말린스 구단의 감독직을 유지하게 된 것에 일단 안도하면서 맥주를 마시던 조 매팅리가 사레에 걸렸다.

간신히 기침을 멈춘 조 매팅리가 질문했다.

"방금 누구를 트레이드 카드로 활용한다고 말씀하셨습니까?"

"브라이언 모란과 잭 스튜어트네."

"제가… 잘못 들었던 게 아니군요."

본인이 잘못 들은 게 아님을 알게 된 조 매팅리는 놀란 기색을 감추지 못했다.

브라이언 모란과 잭 스튜어트.

이 두 선수는 마이애미 말린스 필승조의 핵심 선수들이었다.

마이애미 말린스가 갖고 있는 유일한 강점인 필승조의 핵심 선수들 중 두 선수가 빠져나간다면, 필승조가 와해되면서 마이애미 말린스의 유일한 강점까지 잃게 될 것을 잘 알고 있기 때문이리라.

"브라이언 모란과 잭 스튜어트를 트레이드 카드로 활용해서 마이애미 말린스로 영입하려는 선수는 누구입니까?"

잠시 후, 간신히 충격에서 벗어난 조 매팅리가 질문했다.

"박건, 폴 바셋, 피터 알론소, 브라이언 마일스. 이 네 선수들이네."

잭 대니얼스가 영입 후보들의 면면을 알려주었지만, 조 매팅리에게서는 바로 반응이 돌아오지 않았다.

그는 심각한 표정으로 생각에 잠겨 있었다.

'계산을 하고 있군.'

트레이드가 이뤄지면 득실을 따지는 것이 당연했다.

어느 쪽이 손해를 보고 어느 쪽이 이득을 봤느냐?

이것을 계산하는 것이 당연한 수순처럼 따라왔다.

그리고 지금 조 매팅리가 득실을 머릿속으로 계산하고 있다고 잭 대니얼스가 판단했을 때였다.

"손해입니다."

짐작대로 머릿속으로 득실 계산을 마친 조 매팅리가 말했다.

'예상했던 대답.'

쓴웃음을 지은 잭 대니얼스가 마이애미 말린스가 손해를 보는 게 아니라고 반박하려 했을 때, 조 매팅리가 덧붙였다.

"이 트레이드가 이뤄진다면 뉴욕 메츠의 손해가 너무 큽니다."

*　　　*　　　*

"손해… 라고 생각하지 않을까요?"

박건이 침대에 누워 있다가 벌떡 몸을 일으키며 입을 뗐다.

"아직 안 잤냐?"

이용운이 놀란 목소리로 질문하는 것을 들은 박건이 시계를 살폈다.

'새벽 세 시.'

평소였다면 한창 곯아떨어졌을 시간이었다.

그렇지만 오늘은 당최 잠이 오질 않았다.

오늘 해가 밝고 나면 자신의 야구 인생이 어느 쪽으로든 급변하게 될 것을 알고 있기 때문이었다.

그리고 어느 쪽으로 결론이 나든 간에 박건은 오늘 경기에 출전하지 않을 가능성이 높았다.

그래서 박건이 잠을 청하기 위해서 억지로 더 애쓰지 않고 물었다.

"마이애미 말린스의 잭 대니얼스 단장 말입니다. 너무 손해라고 생각해서 트레이드에 응하지 않지 않을까요?"

"내 생각은 반대다."

"네?"

"후배는 본인을 너무 과소평가하는 경향이 있어."

"……?"

"내 판단으로는 브라이언 모란과 후배가 맞트레이드를 한다해도 손해를 보는 쪽은 뉴욕 메츠다."

이용운이 덧붙인 이야기를 들은 박건이 당황한 기색을 드러냈다.

마이애미 말린스의 필승조 한 축을 맡고 있는 브라이언 모란의 올 시즌 평균자책점은 1.65.

올 시즌 개막 후 꾸준히 최고의 활약을 펼치고 있었다.

반면 박건은 최악의 스타트를 끊었다.

불과 얼마 전까지 타율이 5푼에도 미치지 못했으니 더 말해 무엇 할까.

물론 뉴욕 메츠가 연승 가도를 달린 지난 다섯 경기에서 맹활약을 펼치며 타율을 많이 끌어올렸고 타점도 많이 생산해 내긴 했지만, 말 그대로 반짝 활약이었다.

올 시즌 내내 꾸준히 좋은 활약을 펼친 브라이언 모란과 자신을 맞트레이드를 한다면 당연히 손해 보는 쪽은 마이애미 말린스라고 판단하고 있었다.

그렇지만 이용운의 의견은 반대였다.

브라이언 모란과 자신을 맞트레이드한다면 손해 보는 쪽이 뉴욕 메츠라고 주장했다.

'선배님이 착각하신 걸 거야.'

해서 박건이 막 이렇게 판단했을 때였다.

"착각한 것도 말이 헛나온 것도 아니다."

이용운이 덧붙였다.

"브라이언 모란은 35세. 올 시즌에 빼어난 활약을 펼치고 있지만, 이제 막 시즌이 중반에 접어들었을 뿐이다. 시즌이 후반기로 접어들면서 체력적인 한계에 부딪친다면, 언제든지 무너질 수 있다. 게다가 삼십 대 중반인 브라이언 모란인 내년 시즌, 그리고 내후년 시즌에도 지금처럼 좋은 활약을 펼칠 가능성? 내 판단에는 무척 낮다. 아니, 다른 전문가들도 비슷한 생각을 갖고 있을 것이다."

틀린 분석이 아니었다.

에이징 커브(Aging curve).

에이징 커브는 선수들이 일정 나이가 되면 운동 능력이 저하되면서 기량 하락으로 이어지는 현상을 설명하는 용어였다.

야구뿐만 아니라 여러 스포츠 종목에서 통용되는 용어.

일반적인 스포츠 선수들의 에이징 커브 시기는 삼십 대 중반이라 평가되고 있었다.

현재 브라이언 모란의 나이는 35세.

에이징 커브 현상이 언제 나타나도 이상하지 않을 나이였다.

반면 박건은 아직 이십 대 후반이었다.

에이징 커브 현상이 찾아오기까지 시간이 많이 남아 있었다.

이것이 박건과 브라이언 모란이 맞트레이드를 하더라도 뉴욕 메츠가 손해를 보는 거라고 이용운이 주장한 이유였다.

"원나우라는 용어, 들어봤어?"

"원나우라면… 당장의 팀 우승을 위해서 선수의 잠재 가치 따윈 생각하지 않고 영입하는 선택을 말하는 것 아닙니까?"

"정확하다. 만약 톰 힉스 구단주가 뉴욕 메츠의 올 시즌 우승을 위해서 원나우로 브라이언 모란을 영입하는 것이라면 납득할 수도 있다. 그렇지만… 뉴욕 메츠가 올 시즌에 월드시리즈 우승을 노릴 전력이 된다고 평가해?"

박건이 오래 고민하지 않고 대답했다.

"그건… 어렵죠."

제6장

현재 뉴욕 메츠는 내셔널리그 동부 지구 3위에 머물러 있었다.

물론 당장의 순위로 월드시리즈 우승 팀이 결정 나는 것은 아니었다.

이제 시즌 중반에 막 진입한 시점인 만큼, 뉴욕 메츠가 계속 상승세를 유지하면서 지구 우승을 차지하고 월드시리즈 우승이라는 대권에 도전할 수도 있었다.

그러나 박건은 그게 어렵다고 판단했다.

그렇게 판단한 이유는 둘.

우선 전력 누수가 컸다.

트레이드를 통해서 브라이언 모란과 잭 스튜어트를 영입하는 데 성공한다면?

뉴욕 메츠는 불안한 불펜이라는 약점을 지울 수 있었다.

그러나 빛이 있으면 어둠도 존재하는 것이 세상의 이치.

브라이언 모란과 잭 스튜어트를 영입하는 대가로 뉴욕 메츠는 네 명의 선수들을 팀에서 내보내야 했다.

박건과 폴 바셋, 피터 알론소, 브라이언 마일스.

물론 박건을 포함한 이 네 선수는 주전 선수는 아니었다.

그러나 부진을 거듭하던 뉴욕 메츠가 5연승의 가파른 상승세를 타는 동안, 이 네 선수들이 맹활약을 했다는 사실을 절대 간과해서는 안 됐다.

선구안이 좋아서 출루율이 높고 발이 빠른 리드오프 브라이언 마일스.

유격수로서 화려하지는 않지만 안정감 있고 건실한 수비를 펼치는 폴 바셋.

외야 어느 포지션도 커버할 수 있는 수비 능력을 갖추고 있고, 타격도 상승세인 피터 알론소.

타격감을 완전히 회복했고, 투수로서도 활용이 가능한 박건.

이런 장점을 가진 박건을 포함한 네 선수들이 한꺼번에 이

탈한다면?

뉴욕 메츠는 다시 예전으로 돌아갈 것이었다. 그리고 전력 누수가 너무 큰 탓에 스쿼드가 얇아진다는 약점을 드러낼 수밖에 없었다.

그리고 박건이 뉴욕 메츠가 월드시리즈 우승이라는 대권에 도전하기에 역부족이라고 판단한 또 하나의 이유는 미겔 카브레라 감독이었다.

이용운이 '더 독해져서 돌아온 독한 야구' 방송에서 지적했듯이 미겔 카브레라 감독은 무능했다.

즉, 월드시리즈 우승을 노리는 탄탄한 전력을 갖춘 다른 팀에 비해서 감독의 역량이 떨어지는 셈이었다.

단기전일수록 감독의 역량이 중요한 법.

미겔 카브레라 감독이 있는 한 뉴욕 메츠는 월드시리즈 우승을 할 수 없다고 박건은 판단한 것이었다.

"내 생각도 마찬가지다. 브라이언 모란과 잭 스튜어트를 영입한다 해도 뉴욕 메츠는 월드시리즈 우승을 노리기는 어렵다. 그럼 에이징 커브 현상이 언제 찾아와도 이상하지 않은 브라이언 모란과 잭 스튜어트를 뉴욕 메츠로 영입한 톰 힉스 구단주의 결단은 이도저도 아닌 결단이 되는 셈이지."

박건이 고개를 끄덕여 그 의견에 수긍했을 때, 이용운이 덧붙였다.

"지금쯤 잭 대니얼스 단장은 쌍수를 들고 기뻐하고 있을 것이다."

"왜입니까?"

"호구를 물었거든."

"누가… 호구란 겁니까?"

"누구긴 누구야. 톰 힉스 구단주지."

'톰 힉스 구단주가… 호구다?'

박건이 살짝 당황했을 때였다.

"톰 힉스 구단주는 사업가다. 사업 수완이 뛰어날지는 몰라도 야구는 잘 몰라. 그래서 트레이드를 앞두고 있는 지금도 머릿속에 당장 손해를 보면 안 된다는 딱 한 가지 생각만 갖고 있다. 쉽게 말해서 선수의 잠재적 가치에 대한 고려와 판단을 못 하지. 반면 잭 대니얼스 단장은 사업가가 아니라 단장이라 사업 수완은 별로지만 야구에 대해서는 잘 알아. 그래서 선수의 잠재적 가치를 염두에 두고 협상에 임하지."

"그 말씀은……."

"잭 대니얼스 단장 입장에서는 천운을 얻은 셈이지."

"천운을 얻었다."

박건이 그 말을 작게 되뇔 때, 이용운이 덧붙였다.

"이런 말 하긴 좀 그렇지만, 잭 대니얼스 단장은 잭 니퍼트 전 단장이 알츠하이머를 앓으며 단장직에서 사임한 것으로 인한 최고의 수혜자이다. 야구를 모르는 사업가인 톰 힉스가 임시 단장을 맡고 있는 뉴욕 메츠와 큰 이득을 거둘 수 있는 트레이드를 성사시킬 기회를 얻었으니까. 그리고 이게 내가 후배가 트레이드를 통해서 마이애미 말린스로 이적할 거라고 확신한 이유이기도 하다."

*　　　　*　　　　*

'나와 생각이 같군.'

잭 대니얼스가 희미한 웃음을 머금었다.

브라이언 모란, 잭 스튜어트 〈一〉 박건, 폴 바셋, 피터 알론소, 브라이언 마일스.

마이애미 말린스와 뉴욕 메츠 사이에 논의가 진행 중인 2 대 4 트레이드에 대해서 처음 가졌던 생각은 손해가 막심하다는 생각이었다.

그러나 그 생각이 바뀌기 시작한 계기는 '더 독해져서 돌아온 독한 야구' 진행자의 조언이었다.

"그런데 정말 마땅한 방법이 없을까요. 분명히 방법이 있습니다. 다만 우리 팀의 강점은 지키고 약점은 보완하는 것이 트레이드의 원칙이라는 고정관념에 사로잡혀 있기 때문에 방법을 찾지 못하는 겁니다."

그 지적이 옳았다.

잭 대니얼스는 고정관념에 사로잡힌 채 트레이드 협상에 임했었다.

그런데 '더 독해져서 돌아온 독한 야구' 진행자의 조언 덕분에 고정관념에서 벗어나자, 다른 것이 보이기 시작했다.

그렇게 새로운 눈을 뜬 잭 대니얼스가 관심 있게 지켜본 것은 뉴욕 메츠가 치렀던 지난 다섯 경기였다.

그리고 뉴욕 메츠가 5연승을 거두었던 지난 다섯 경기를 면밀히 분석하고 난 후, 잭 대니얼스는 이 트레이드가 성사된다면 손해를 보는 것이 아니라 이득을 거둘 수 있다는 확신을 가졌다.

그런 잭 대니얼스의 생각이 또 한 번 바뀐 것은 박건이 KBO 리그 시절 투구하는 영상을 본 후였다.

'손해가 아니라 이득이다'에서 '손해가 아니라 막대한 이득이다'로.

그리고 또 한 번 생각이 바뀐 이유는 박건이 잭 스튜어트의 대체자원으로 충분하다는 결론을 내렸기 때문이었다.

"말해보게."

"뭘 말해보란 말씀이십니까?"

"아까 언급했던 네 선수를 마이애미 말린스로 영입했을 때 어떻게 활용할지 여부에 대해서 말해보란 뜻이네."

비로소 말뜻을 이해한 조 매팅리가 대답했다.

"폴 바셋을 유격수로 기용하면 취약한 팀의 내야 수비를 보강할 수 있습니다. 그리고 수비와 송구 능력이 뛰어난 박건과 피터 알론소가 합류하면 외야 수비가 한층 더 견고해지고 기존 외야수인 커티스 그랜더슨의 수비 부담을 덜어줄 수 있기 때문에 타격 상승효과도 기대할 수 있습니다. 그리고 선구안이 좋아서 출루율이 높고 발이 빠른 브라이언 마일스에게 리드오프 임무를 맡기면 공격의 물꼬를 트는 역할을 기대할 수 있습니다."

그 대답을 들은 잭 대니얼스가 천천히 고개를 끄덕이며 입을 뗐다.

"쉽게 말해 엔진과 문짝, 타이어를 한꺼번에 수리할 수 있다는 뜻이지."

"그렇습니다. 다만……."

"다만 뭔가?"

"브라이언 모란과 잭 스튜어트가 빠지면 불펜진이 허약해진다는 약점이 생긴다는 것이 마음에 걸립니다."

조 매팅리가 대답을 마친 순간, 잭 대니얼스가 고개를 흔들었다.

"그 문제는 박건이 해결할 수 있네."

"박건… 이요?"

"'더 독해져서 돌아온 독한 야구'를 봤다면 박건이 KBO 리그 시절에 투구하던 영상을 봤을 것 아닌가?"

"그건 저도 봤습니다."

"그런데 뭐가 문제지?"

"리그가 다르니까요."

조 매팅리가 조심스럽게 대답했다.

그런 그가 우려하는 것.

메이저리그와 KBO 리그 타자들의 수준 차였다.

투수 박건이 KBO 리그에서 좋은 활약을 펼쳤다고 하더라도 메이저리그 타자들을 상대로도 과연 통할 수 있을까?

지금 조 매팅리가 우려하는 부분이었다.

"아직 못 봤나 보군."

"뭘 말입니까?"

"박건이 뉴욕 메츠와 워싱턴 내셔널스의 3연전 마지막 경기에 투수로 등판해서 공을 던진 모습 말이야."

"박건 선수가 투수로 등판했습니까?"

"맞네. 9회 초에 등판해서 워싱턴 내셔널스의 클린업트리오를 상대했지."

"결과는 어떻게 됐습니까?"

"직접 확인해 보게."

잭 대니얼스가 박건의 투구 영상이 올라와 있는 스마트폰을 건넸다. 조 매팅리가 박건의 투구 영상을 지켜보는 사이 잭 대니얼스가 맥주를 마셨다.

'하늘이 내려준 기회.'

잭 대니얼스가 속으로 이렇게 생각했을 때였다.

"괜한 걱정이었네요."

조 매팅리가 워싱턴 내셔널스의 클린업트리오를 상대로 박건이 투구하는 영상을 모두 본 후 입을 뗐다.

"솔직히 감탄했네."

"박건 선수에게요?"

"아니. 뉴욕 메츠의 잭 니퍼트 전 단장에게 감탄했네. 실패의 위험을 감수하고 박건에게 301만 달러라는 포스팅 비용을 지불하고 뉴욕 메츠로 영입한 그의 선수를 보는 안목에 감탄하지 않을 수가 없었네."

잭 대니얼스가 잭 니퍼트 전 단장을 추켜세우며 덧붙였다.

"남은 건 에어컨이로군."

"네?"

"엔진과 문짝, 타이어는 수리했지만, 아직 에어컨은 못 고쳤지 않은가?"

이번 트레이드가 성사된다면 마이애미 말린스가 안고 있는 여러 가지 문제점들을 일거에 해결할 수 있었다.

그러나 워낙 문제가 많았던 터라 여전히 해결하지 못한 문제는 남아 있었다.

잭 대니얼스가 언급한 것은 바로 이 부분.

"이제 에어컨을 어떻게 수리할지에 대해 상의해 보세."

잭 대니얼스가 제안하자, 조 매팅리가 의아한 표정을 지은 채 질문했다.

"해결 방법이 있을까요?"

그 질문을 들은 잭 대니얼스가 힘주어 대답했다.

"분명히 방법은 있네. 다만 고정관념에 사로잡혀 있기 때문에 그 방법이 보이지 않는 거지. 지금부터 고정관념을 버리고 방법을 찾아보세."

*   *   *

"결국 빈손으로 돌아가게 됐네요."

공항에 도착해서 수속을 마친 송이현이 쓴웃음을 지었다.

박건을 청우 로열스로 재영입하겠다는 야심 찬 목표를 갖고 뉴욕으로 날아왔다.

그러나 결국 목표 달성에 실패했다.

[미팅은 취소하겠습니다.]

이른 아침, 뉴욕 메츠 톰 힉스 구단주가 보낸 문자는 간결했다. 그렇지만 송이현이 빈손으로 돌아가게 됐다는 사실을 깨닫기에는 충분한 문자 내용이었다.

"그렇게 됐네요."

잠시 후 제임스 윤에게서 대답이 돌아온 순간, 송이현이 매섭게 노려보며 지적했다.

"제임스 표정이 너무 밝네요."

"제가요?"

"헛걸음을 한 셈인데도 표정이 너무 밝아요. 박건 선수를 재영입하는 것에 실패했는데 전혀 슬픈 기색이 없어요. 오히려 기뻐하는 것 같은 건… 내 착각이겠죠?"

"죄송하지만 착각이 아닙니다."

"내가 착각한 게 아니다?"

"네."

"그러니까 제임스는 박건 선수를 청우 로열스로 재영입하려는 시도가 실패로 돌아간 게 기쁘다는 뜻이죠?"

"그렇습니다."

"이유는요?"

"아깝다는 생각이 들었습니다."

"……?"

"박건 선수가 이대로 메이저리그 도전을 끝내는 것 말입니다. 너무 아까웠습니다. 좋은 단장, 그리고 좋은 감독과 함께한다면 박건 선수는 분명히 메이저리그에서 성공을 거둘 수 있을 테니까요."

'제임스가 청우 로열스 소속 스카우트 팀장이란 사실을 잊지 말아요.'

제임스 윤에게 이렇게 쏘아붙이려 했던 송이현이 결국 그 말을 삼켰다.

박건이 메이저리그 도전을 이렇게 끝내는 것.

너무 허무하단 생각을 송이현도 내심 갖고 있었기 때문이었다.

"아직 트레이드 발표 전이죠?"

"그렇습니다."

"박건 선수는 어느 구단 선수가 될까요?"

"아마 마이애미 말린스 소속 선수가 될 겁니다."

"그걸 제임스가 어떻게 알아요?"

"박건 선수가 준비했던 마지막 패가 먹혔으니까요."

"워싱턴 내셔널스와의 3연전 마지막 경기에 투수로 출전한 것 말인가요?"

그래서 송이현이 질문한 순간, 제임스 윤이 고개를 흔들며 대답했다.

"그게 박건 선수가 준비했던 마지막 패가 아니었습니다."

그 대답을 들은 송이현이 두 눈을 가늘게 좁혔다.

"박건 선수가 메이저리그에서 도전을 이어나가기 위해서 준비한 마지막 패 말입니다. 투수로 등판하는 것이었어요. 뉴욕 메츠 홈 팬들의 입장에서는 깜짝 이벤트겠지만, 박건 선수 입장에서는 생존을 위해서 꺼내 든 비장의 카드입니다."

그날 함께 경기를 지켜보던 제임스 윤이 꺼냈던 이야기를 송이현은 똑똑히 기억하고 있었다.

"그날 제임스가 분명히 그렇게 말했었거든요."

해서 송이현이 추궁하자, 제임스 윤이 대답했다.

"제가 틀렸습니다."

"뭐가 틀렸단 거죠?"

"당시에는 박건 선수가 메이저리그 도전을 이어나가기 위해 준비했던 마지막 패가 투수로 등판하는 것이라고 판단했습니다. 그렇지만 박건 선수는 하나의 패를 더 준비했었습니다."

"그게 뭐였죠?"

"캡틴도 보셨지 않습니까?"

"내가 언제……?"

"'더 독해져서 돌아온 독한 야구' 말입니다. 그게 박건 선수가 준비했던 진짜 마지막 패였습니다."

"아!"

송이현이 비로소 말뜻을 이해했다.

뉴욕 메츠와 워싱턴 내셔널스의 3연전 마지막 경기 MVP로 선정된 박건은 수훈 선수 인터뷰 도중에 '더 독해져서 돌아온 독한 야구'에 대해서 언급했었다.

그래서 송이현도 팟캐스트에서 너튜브로 매체를 갈아탄 '더 독해져서 돌아온 독한 야구'를 시청했었다.

그 시청을 마친 후, 송이현이 떠올린 생각은 두 가지.

'정말 더 독해져서 돌아왔구나'와 '딱 때맞춰서 돌아왔구나' 였다.

그 기억을 떠올린 송이현이 희미한 웃음을 머금었을 때, 제임스 윤이 말했다.

"여전하더군요."

"독설이요?"

"아니요. 정확히 판세를 읽는 능력 말입니다. 캡틴도 보셔서 아시겠지만, '더 독해져서 돌아온 독한 야구' 진행자는 마이애미 말린스의 단장인 잭 대니얼스에게 고정관념을 버리라는 조언을 했습니다. 제가 판단하기에는 가장 필요한 순간에 중요한 조언을 한 셈입니다."

"왜죠?"

"그 조언을 듣고 난 후, 마이애미 말린스 잭 대니얼스 단장은 트레이드를 결심했을 테니까요."

"하지만……."

"두고 보십시오. 뉴욕 메츠와 마이애미 말린스 사이에 이뤄진 2 대 4 트레이드는 메이저리그 역사에 남을 트레이드가 될 겁니다."

"왜 메이저리그 역사에 남을 트레이드가 될 거라고 말한 거죠?"

"뉴욕 메츠가 엄청난 손해를 봤으니까요."

"왜 뉴욕 메츠가 손해를 봤다는 거죠?"

제임스 윤이 고개를 돌리며 대답했다.

"저기 서 있는 박건 선수 때문입니다."

*   *   *

뉴욕 공항.

송이현과 제임스 윤이 대기실에 서 있는 것을 발견한 박건이 서둘러 걸음을 옮겼다.

"단장님."

"박건 선수가 여긴 어떻게 왔어요?"

"인사를 하기 위해서 찾아왔습니다."

"바쁠 텐데 굳이 그럴 필요까지는……."

"당연히 인사를 하러 찾아와야죠. 단장님 덕분에 다시 도전을 이어나갈 수 있게 됐으니까요."

"그 말은 트레이드 통보를 받았다는 뜻인가요?"

"아직입니다. 그렇지만 곧 통보를 받게 될 것 같습니다."

"그걸 어떻게 알아요?"

"오늘 경기 선발 라인업에서 제외됐거든요."

송이현이 뉴욕 메츠 톰 힉스 구단주와 미팅을 하지 않고 한국으로 돌아가기 위해서 공항에 찾아와 있는 것.

자신의 청우 로열스 복귀가 무산됐다는 증거였다.

그리고 톰 힉스 구단주는 자신을 비롯해서 폴 바셋과 피터 알론소, 브라이언 말린스 세일즈에 혈안이 되어 있었다.

그런데 자신을 비롯한 세 선수가 동시에 선발 라인업에서 제외된 것.

더 이상 쇼케이스가 필요하지 않다는 증거였다.

이것이 박건이 트레이드가 성사됐다고 판단한 근거였다.

"박건 선수의 청우 로열스 재영입이 무산됐다는 소식을 전했음에도 제임스가 환하게 웃었답니다."

그때, 송이현이 고자질하듯 말했다.

"그건……."

그로 인해 제임스 윤이 당황한 기색을 드러냈을 때, 송이현이 덧붙였다.

"아깝다고 하네요."

"뭐가 아깝다는 겁니까?"

"박건 선수의 메이저리그 도전이 여기서 끝나는 것, 너무 아깝다고 했어요. 그래서 웃었다고 했어요."

"그렇군요."

"그리고 아직 끝이 아니에요. 박건 선수를 마이애미 말린스로 보내는 결정을 한 뉴욕 메츠 톰 힉스 구단주가 메이저리그 역사에 남을 엄청난 실수를 했다고 말했어요. 난… 여전히 잘 이해가 가지 않지만요."

송이현이 말을 마친 순간이었다.

"송 단장은 아직 멀었구나."

이용운이 불쑥 말했다.

"왜 아직 멀었다고 말씀하시는 겁니까?"

"야구단 단장보단 사업가에 더 어울리는 마인드를 갖고 있거든. 뉴욕 메츠 톰 힉스 구단주가 엄청난 실수를 했다는 제임스 윤의 이야기를 제대로 이해하지 못하는 것이 송이현 단장도 단장보다는 사업가에 더 어울린다는 증거이지."

이용운과 짤막한 대화를 마친 박건이 제임스 윤에게 고개를 돌렸다.

"저를 높이 평가해 주셔서 감사합니다. 그리고… 여러모로 감사합니다."

박건이 제임스 윤에게 고개를 숙여 인사했다.

제임스 윤이 박건을 위해서 물심양면으로 도움을 줬다는 사실을 잘 알고 있었기 때문이었다.

"그럼 한 가지 부탁을 드려도 될까요?"

제임스 윤이 불쑥 꺼낸 이야기를 들은 박건이 의아한 표정을 지었다.

"어떤 부탁입니까?"

"복수해 주세요."

"복수… 요?"

"박건 선수의 메이저리그에 적응을 고의로 방해하면서 어렵게 만들었던 미겔 카브레라 감독에게 복수해 달란 뜻입니다. 솔직히 말씀드리면… 저도 미겔 카브레라 감독을 별로 안 좋아하거든요."

비로소 제임스 윤의 말뜻을 이해한 박건이 지체 없이 고개를 끄덕였다.

"꼭 복수하겠습니다."

제임스 윤이 그 대답을 듣고 만족스러운 기색을 드러내는 것을 확인한 박건이 다시 송이현에게로 고개를 돌렸다.

"단장님께 두 가지 부탁이 있습니다."

"어떤 부탁이죠?"

"우선… 어머니를 잘 부탁드립니다."

"그건 걱정하지 않아도 돼요."

송이현이 자신 있게 대답하는 것을 들은 박건이 두 번째 부탁을 꺼냈다.

"그리고 앞으로도 '더 독해져서 돌아온 독한 야구'를 계속 시청해 주십시오."

박건이 꺼낸 두 번째 부탁을 들은 송이현이 고개를 갸웃하며 물었다.

"왜요?"

"네?"

"'더 독해져서 돌아온 독한 야구' 진행자와 진짜 친한가 보네요. 이 순간에도 홍보하는 걸 보니까요."

"홍보 때문이 아닙니다."

"그럼 왜……?"

"청우 로열스 때문입니다."

"……?"

"'더 독해져서 돌아온 독한 야구' 진행자는 의리가 있더군요. 옛정을 생각해서 앞으로도 방송 중에 청우 로열스의 문제점과 해결책을 꾸준히 언급할 거라고 저와 약속했습니다. 그래서 계속 시청해 달라고 말씀드렸던 겁니다."

"그거 듣던 중 반가운 소리네요."

박건이 이야기를 마친 순간, 송이현이 반색했다.

팟캐스트 방송 '독한 야구'의 애청자였던 송이현은 청우 로 열스가 통합 우승을 차지하는 과정에서 '독한 야구'가 큰 도움이 됐다는 사실을 알고 있었다.

그래서 이렇게 반색한 것이었고.

반면 이용운은 박건의 돌발 발언에 당황한 기색을 드러냈다.

"야, 갑자기 그게 무슨 소리야?"

"부탁 좀 드릴게요."

"한 마디 상의도 없이 갑자기 그런 이야기를 꺼내면……."

"낙장불입."

"……?"

"이미 입 밖으로 내뱉었습니다."

박건이 이미 내뱉은 말을 주워 담기에는 늦었다는 사실.

이용운도 잘 알고 있었다.

"화투도 칠 줄 모르면서 낙장불입은 무슨."

툴툴거리던 이용운이 한숨을 푹 내쉬며 물었다.

"갑자기 왜 선심을 쓰는 거냐?"

"고마워서요."

"송이현 단장이 고맙다?"

"단장님 덕분에 야구를 계속할 수 있게 된 셈이니까요."

송이현 단장이 뉴욕으로 불쑥 찾아왔을 당시, 박건은 최악의 시련을 겪고 있었다.

오죽했으면 야구를 그만둘 생각까지 했을까?

그런데 송이현 단장이 박건의 능력을 높이 평가하며 청우 로열스로 재영입하겠다는 의사를 밝혔던 덕분에 야구를 계속할 수 있다는 희망을 품었다. 그리고 송이현 단장의 방문과 함께 다시 찾아온 마지막 기회를 놓치지 않은 덕분에 박건은 메이저리그에서 도전을 계속 이어나갈 수 있게 된 셈이었다.

그 사실을 잘 알고 있는 박건은 어떻게든 은혜를 갚고 싶었다.

'메이저리그 도전을 끝내고 나면 청우 로열스로 돌아가서 우승을 시키겠다.'

이런 결심이 더욱 강해졌지만, 어디까지나 먼 미래의 일이었다.

좀 더 빨리 송이현 단장에게 보답하고 싶었다.

그래서 방법을 찾던 도중에 불쑥 '더 독해져서 돌아온 독한 야구'가 떠올랐던 것이었다.

그러니 당연히 이용운과 상의할 시간 따윈 없었던 것이었고.

"후배는 선심을 쓰고 난 귀찮은 일을 떠맡게 됐구나."

"좋게 생각하시죠."

"좋게 생각해? 어떻게?"

"깔 게 더 늘었으니까요."

"후배가 떠난 청우 로열스가 한심하긴 하지."

이용운이 수긍했을 때, 송이현이 말했다.

"이제 작별 인사를 해야겠네요."

출국 시간이 다 됐음을 알게 된 송이현이 말했다.

"진심으로 감사했습니다."

박건이 고개를 숙이며 인사하자, 송이현이 씁쓸한 웃음을 머금은 채 입을 뗐다.

"그래도 다행이네요. 아주 빈손으로 돌아가는 것은 아니니까."

"……?"

"박건 선수의 마음을 얻고 돌아가니까요."

"제가 필요하시면 언제든지 말씀해 주십시오."

"그럴게요. 그리고……."

송이현이 앞으로 오른손을 내밀며 덧붙였다.

"박건 선수의 도전을 멀리서나마 응원할게요."

*   *   *

〈뉴욕 메츠와 마이애미 말린스. 2 대 4 트레이드 합의〉

트레이드 관련 기사를 클릭한 톰 힉스가 스크롤을 아래로 내렸다. 기사 하단에 달려 있는 댓글을 확인하기 위해서였다.

—미쳤구나.

—뉴욕 메츠는 올 시즌 포기했음?

—마이애미 말린스 개이득.

—어떤 놈 대가리에서 나온 트레이드냐? 이게 말이 되냐?

—염소의 저주보다 더한 박건의 저주가 시작될 듯.

잠시 후, 댓글들을 확인한 톰 힉스가 당황했다.

이번 트레이드를 통해서 뉴욕 메츠는 브라이언 모란과 잭 스튜어트를 영입했다. 덕분에 팀의 가장 큰 약점이었던 불안한 불펜진을 보강할 수 있었다.

그래서 이번 트레이드에 대한 호평가를 내심 기대하고 있었는데. 기사 하단에 달려 있는 댓글들은 톰 힉스의 기대와는 많이 달랐다.

"반응이 왜 이래?"

그로 인해 당황한 기색을 드러냈던 톰 힉스가 새로운 기사를 발견했다.

〈뉴욕 메츠와 마이애미 말린스의 충격적인 트레이드. 시스템 붕괴가 부른 참사〉

자극적인 기사 제목을 발견한 톰 힉스가 클릭했다. 그리고 기사 내용을 읽어 내려가던 톰 힉스의 표정이 점점 굳어갔다.

―뉴욕 메츠가 브라이언 모란과 잭 스튜어트를 영입한 목적은 분명해 보인다. 올 시즌 뉴욕 메츠의 가장 큰 약점으로 지적되고 있었던 불안한 불펜진을 강화하기 위함이었을 것이다. 그러나 브라이언 모란과 잭 스튜어트를 영입 대상으로 결정한 선택은 납득하기 쉽지 않다. 이미 삼십 대 중반으로 접어든 두 명의 불펜투수가 내년 시즌, 그리고 내후년 시즌에도 올해처럼 좋은 활약을 할 수 있을까? 아니, 당장 올 시즌 후반기에 접어들었을 때 현재처럼 좋은 활약을 펼칠 수 있을까 여부에도 의문부호를 지울 수 없기 때문이다. 물론 뉴욕 메츠가 올 시즌 대권에 도전하기 위해서 윈나우로 브라이언 모란과 잭 스튜어트를 영입했다면 어느 정도 납득할 수 있는 트레이드다. 그렇지만 두 선수를 영입한다고 해서 뉴욕 메츠가 과연 월드시리즈 우승이라는 대권에 도전할 전력을 갖추게 됐는가? 이 질문에 대한 내 대답은 'NO'이다. 뉴욕 메츠가 좋은 팀이긴 하지만 수많은 경쟁 팀들을 제치고 대권에 도전하기에는 어렵다. 브라이언 모란과 잭 스튜어트를 영입하는 과정에서 전력 누수가 컸기에 더욱 그렇다. 박건과 브라이언 마일스, 피터 알론소, 그리고 폴 바셋을 트레이드로 마이애미 말린스로 보내면서 뉴욕 메츠 팀의 뎁스가 얕아졌기 때문이다. 특히 박건이란 선수를 마이애미 말린스로 보낸 것은 두고두고 아쉬울 수 있는 결

정이다. 비록 시즌 초반 박건 선수가 극도로 부진했던 것은 사실이지만, KBO 리그에서 메이저리그로 무대가 바뀐 만큼 적응에는 시간이 걸리는 것이 당연하다. 그리고 뉴욕 메츠가 5연승을 거두었던 지난 다섯 경기를 주목할 필요가 있다. 뉴욕 메츠가 5연승을 거두는 동안 박건 선수는 최고의 활약을 펼쳤다. 마침내 새로운 무대인 메이저리그 적응을 마친 모습이었다. 뉴욕 메츠의 잭 니퍼트 전 단장이 왜 거액의 포스팅 비용을 지불하고 박건이란 선수를 팀에 영입했는가? 그 이유를 알 수 있는 좋은 활약이었음에도 불구하고 뉴욕 메츠 수뇌부는 인내심을 가지지 못하고 박건 선수를 마이애미 말린스로 보내는 우를 범했다. 그럼 뉴욕 메츠는 왜 이런 참사나 다름없는 트레이드에 응했을까? 내가 찾아낸 답은 시스템의 붕괴이다. 내가 조사한 바에 따르면 이번 트레이드를 주도한 것은 뉴욕 메츠 톰 힉스 구단주이다. 단장의 역할을 톰 힉스 구단주가 대신한 셈이다. 그리고 톰 힉스 구단주가 전면에 나선 이유는 능히 짐작할 수 있다. 뉴욕 메츠의 잭 니퍼트 전 단장이 일신상의 사유로 갑작스레 사임한 탓에 후임 단장을 구하지 못했던 상황이었기 때문일 것이다. 그래서 톰 힉스 구단주가 잭 니퍼트 전 단장을 대신해서 트레이드를 주도했던 것이고. 그리고 이게 결정적인 실책을 범한 이유다. 톰 힉스 구단주는 전문 경영인이지, 야구 전문가가 아니다. 그래서 이런 무모한 결정을 내리고 밀어붙였던 것이다. 결과적으로 말하자면 톰 힉스 구단주는 너무 서둘렀다.

후임 단장을 선임하고 난 후, 그 후임 단장이 트레이드를 주도하게
했어야 했다. 야구를 모르는 전문 경영인이 전면에 나서서 트레이
드를 주도한 뉴욕 메츠. 그런 구단주에게 직언을 던지며 트레이드
를 막지 못한 참모진들. 결국 시스템 붕괴로 인해 발생한 참사나
다름없는 이번 트레이드의 결과가 어떨지 지켜보도록 하자.

엄밀히 말하면 기사가 아니라 칼럼이었다.

그렇지만 지금 그게 중요한 것이 아니었다.

뉴욕 메츠와 마이애미 말린스 사이에 이뤄진 2 대 4 트레
이드에 대한 칼럼니스트의 신랄한 비판을 확인하고 난 후, 톰
힉스는 자신의 실수를 뒤늦게 깨달았다.

잠시 후, 톰 힉스가 책장으로 걸어갔다.

책장에 꽂혀 있던 '성공한 리더가 되는 101가지 조건'이란
책을 향해 손을 뻗던 톰 힉스가 멈칫했다.

'사후 약방문.'

이런 생각이 퍼뜩 들어서였다. 그러나 결국 책을 꺼내서 소
파로 돌아온 톰 힉스가 책장을 펼쳤다.

—성공한 리더가 되기 위한 81번째 조건, 전문 분야가 아니
라면 함부로 결정하지 마라. 꼭 결정을 내려야 하는 상황이라
면 그 분야 전문가를 영입해서 조언을 구하라.

성공한 리더가 되기 위한 81번째 조건을 확인한 톰 힉스가 한숨을 내쉬었다.

"내가… 실수한 건가?"

'왜 당시에는 81번째 조건을 보지 못했던 거지?'

자책하던 톰 힉스가 미간을 찌푸렸다.

─성공한 리더가 되기 위한 37번째 조건, 결심이 섰다면 망설이지 마라.

─성공한 리더가 되기 위한 39번째 조건, 협상의 승자가 되기 위해서 인내심을 길러라.

성공한 리더가 되기 위한 37번째 조건과 39번째 조건을 일전에 확인했던 것이 떠올라서였다.

'모순.'

두 가지 조건이 모순이라고 판단했던 톰 힉스는 두 가지 조건 가운데 37번째 조건을 따랐다. 머리는 39번째 조건을 따르라 했지만, 가슴이 37번째 조건을 따르라고 지시했기 때문이었다. 당시의 기억을 떠올리던 톰 힉스가 더욱 자책하며 혼잣말을 꺼냈다.

"37번째 조건이 아니라… 39번째 조건을 따라야 했었어."

＊　　　　＊　　　　＊

"이제… 때가 된 것 같다."

이용운이 꺼낸 이야기를 들은 박건이 의아한 표정을 지었다.

"무슨 때가 됐다는 겁니까?"

"미겔 카브레라 감독에게 한 번 들이받을 때가 됐단 뜻이다."

비로소 말뜻을 이해한 박건이 힘껏 고개를 끄덕였다.

박건과 폴 바셋, 피터 알론소, 브라이언 마일스가 트레이드를 통해서 마이애미 말린스로 이적하는 것이 확정된 후, 미겔 카브레라 감독은 감독실에서 미팅을 하자고 통보했다.

아마 작별 인사를 건네기 위함이리라.

그 통보를 받은 후 박건은 쓴웃음을 지었다. 지금까지 단 한 번도 제대로 대화를 나눈 적이 없었던 미겔 카브레라 감독과 트레이드가 결정이 되고 난 후에야 마침내 대화를 나눌 기회가 생겼기 때문이었다.

'어차피 다신 안 볼 사이.'

박건이 다시 미겔 카브레라 감독이 이끌고 있는 뉴욕 메츠로 돌아올 확률?

단연코 없었다.

그러니 한 번쯤 들이받는다고 해도 괜찮다는 생각이 들었다.

그때, 이용운이 다시 입을 뗐다.

"또 지난번처럼 한국말로 욕하지는 않겠지?"

"물론입니다. 그리고 잘 모르시겠지만 좀 늘었습니다."

"영어가 늘었다?"

"아니요."

"그럼?"

"영어 욕이 늘었습니다."

그라운드에서는 선수들 사이에 거친 욕설이 오갈 때가 많았다. 또, 흥분한 관중들이 내뱉는 욕설도 수시로 들려왔다.

그러다 보니 자연스레 영어 욕이 늘어 있었다. 해서 박건이 자신 있는 표정으로 대답하자, 이용운이 핀잔을 건넸다.

"그게 자랑거리냐?"

'쩝.'

입맛을 다신 박건이 감독실에 도착했다.

똑똑.

노크를 한 후 문을 열고 안으로 들어서자, 이미 폴 바셋과 피터 알론소, 그리고 브라이언 마일스가 도착해 있었다.

"좀 늦었군."

박건이 들어서는 것을 확인한 미겔 카브레라 감독이 지적했다. 그리고 박건이 조금 늦게 도착한 이유는 송이현 단장을 배웅하고 돌아오는 길에 차가 막혀서였다.

원래는 약속 시간에 늦은 것에 대해 사과하려 했다.

그렇지만 환하게 웃고 있는 미겔 카브레라 감독을 확인하고 난 후, 사과하고 싶은 생각이 싹 사라졌다.

해서 박건이 사과 대신 날 선 목소리로 대꾸했다.

"늦은 건 감독님도 마찬가지인 것 같습니다."

"……?"

"이렇게 대화를 나눌 자리를 마련한 것 말입니다."

"그건……."

미겔 카브레라 감독이 살짝 당황한 기색을 드러내며 변명을 꺼내려 했다. 그렇지만 박건은 변명을 싹둑 자르며 다시 말했다.

"뉴욕 메츠가 5연승을 거두었을 때도, 제가 결승 홈런을 터뜨렸을 때도 인상을 쓰고 계셨던 감독님이었는데 지금은 환하게 웃고 계시네요. 아무래도 기분이 좋으신가 봅니다. 아마 저를 포함해서 골칫덩이들을 한꺼번에 싹 처리했기 때문이겠죠?"

"골칫덩이들?"

"아니었습니까?"

"난 그런 말을 한 적이 없네."

미겔 카브레라 감독이 시치미를 뗐다.

그렇지만 박건의 눈에 비친 그의 모습은 한심하기만 했다.

"잭 니퍼트 전 단장님이 영입을 주도했던 선수들이라서 눈엣가시나 다름없었지 않습니까? 그래서 그동안 경기 출전 기회도 일부러 주시지 않았죠."

"자네에게 충분한 기회를 줬네."

미겔 카브레라 감독이 반박하는 것을 들은 박건이 코웃음을 쳤다.

"정말 충분한 기회를 주셨습니까?"

"그렇다고 생각하네."

"참 한결같으시네요. 제가 선발 라인업에 포함된 경기에서 상대 팀 투수는 항상 팀의 원투 펀치들이었습니다. 그리고 3선발에서 5선발급의 투수들이 등판한 경기에는 철저하게 선발 라인업에서 배제했었죠. 그로 인해 저는 타석에서 자신감을 잃었습니다. 게다가 들쭉날쭉한 경기 출전으로 인해 타격감을 유지하기도 어려웠죠. 이런 상황이었는데도 정말 충분한 기회를 주었다고 말씀하시는 겁니까?"

박건의 매서운 추궁이 불편해서일까. 미겔 카브레라 감독이 언짢은 표정으로 시선을 피했을 때였다.

"참 한결같은 분이시네."

박건과 미겔 카브레라 감독 사이에 오가는 대화를 조용히 듣고 있던 브라이언 마일스가 불쑥 끼어들었다.

"무슨 뜻인가?"

"나도 비슷한 방식으로 기용했지 않소?"

"내가 언제……?"

"내 선구안이 좋다는 걸 알고 제구가 뛰어난 상대 팀 투수들이 등판할 때만 날 기용했지 않았소? 난 그저 우연이라 생각했소. 그런데 가만히 이야기를 듣고 있다 보니 우연이 아니었네. 상습범이셨어."

"상습범?"

"왜? 내 표현이 신경에 거슬렸소?"

"그야 당연히……."

"내 기분은 더 엿 같아."

"……?"

"당신 때문에 내 커리어가 끝날 뻔했으니까."

'속이 다 후련하네.'

브라이언 마일스가 미겔 카브레라 감독에게 쏟아붓는 이야기를 듣고 있던 박건은 묵은 체증이 확 내려가는 느낌을 받았다.

그리고 아직 끝이 아니었다.

"양아치 새끼."

브라이언 마일스에 이어 폴 바셋도 미겔 카브레라 감독을 비난했다.

"방금 뭐라고……?"

양아치란 표현을 들은 미겔 카브레라 감독이 발끈했을 때, 마지막으로 피터 알론소가 나섰다.

"표현이 너무 점잖았어."

"……?"

"양아치가 아니라 개새끼야."

원래 박건이 하려던 이야기들이었는데. 박건에게는 욕설을 날릴 기회조차 돌아오지 않았다. 그리고 잇따라 욕설을 들은 미겔 카브레라 감독은 당황한 기색이 역력했다.

툭.

캔 음료를 마시려다가 손에서 떨어뜨려 내용물을 쏟은 미겔 카브레라 감독이 허둥대는 모습을 박건이 차가운 시선으로 응시했다.

오늘 이 자리를 마련한 미겔 카브레라 감독의 원래 의중.

좋은 사람인 척 적당히 덕담을 건네며 좋게 작별하기 위함이었으리라. 그러나 그런 그의 의중처럼 상황은 흘러가지 않았다.

자신을 향한 비난과 욕설이 난무하며 일종의 성토장처럼 변하자, 미겔 카브레라 감독은 서둘러 자리를 마무리하려고 시도했다.

"크흠. 내가 오늘 이 자리를 마련한 이유는 과거의 잘잘못을 따지기 위함이 아니었네. 새 출발을 앞두고 있는 자네들의 미래를 응원하기 위해서였네."

그 이야기를 들은 박건이 입을 뗐다.

"저도 감독님의 미래를 응원해 드리겠습니다."

"응?"

예상치 못했던 대답이기 때문일까. 미겔 카브레라 감독이 당황한 기색을 드러낸 순간, 박건이 덧붙였다.

"두고 보시죠. 양아치 짓을 했던 것을 뼈저리게 후회하게 만들어 드리겠습니다."

제7장

　'마지막 기회. 그리고 다시 시작.'

　마이애미 말린스 이적이 확정된 후, 박건이 머릿속으로 떠올린 생각들이었다.

　기대와 부담.

　새로운 시작에 대한 기대와 마지막 기회라는 것으로 인한 부담이라는 두 가지 감정을 동시에 느꼈을 때였다.

　"밥 한번 사라."

　이용운이 불쑥 제안했다.

　"축하 파티는 해야지."

이용운은 폴 바셋과 피터 알론소, 그리고 브라이언 마일스에게 밥을 사라고 제안했다.

'축하 파티라.'

그 제안을 받은 박건이 영 내키지 않는 표정을 지었다.

샴페인을 터뜨리기에는 너무 이르다는 생각이 들어서였다.

그렇지만 이용운은 자신의 주장을 굽히지 않았다.

"밥 한번 사라니까."

"왜 제가 밥을 사야 합니까? 오히려 제가 밥을 얻어먹어야 하는 것 아닙니까?"

2 대 4 트레이드를 계획한 것.

이용운의 작품이었다. 그리고 이용운이 세운 트레이드 계획을 성사시키기 위해서 박건은 최선을 다했다.

그 덕분에 뉴욕 메츠 톰 힉스 구단주와 마이애미 말린스 잭 대니얼스 단장이 2 대 4 트레이드에 합의한 상황.

만약 영혼의 파트너인 이용운의 치밀한 계획과 박건이 경기장에서 펼쳤던 최선의 노력이 없었다면?

폴 잭슨과 피터 알론소, 그리고 브라이언 마일스는 이적에 실패해서 계속 뉴욕 메츠에 머물렀을 수도 있었다.

그랬다면 이들은 앞으로도 선수 생활에서 귀중한 시간을 허비했을 터.

또 본인들의 커리어에도 타격을 입었을 터였다.

이것이 박건이 밥을 사는 게 아니라 얻어먹어야 한다고 주장한 이유.

그때, 이용운이 말했다.

"돈 많이 버는 후배가 한턱 쏴라."

"제가… 요?"

박건이 당황했을 때 이용운이 덧붙였다.

"후배가 최고 연봉자거든."

＊　　　　＊　　　　＊

폴 바셋의 연봉 30만 달러.

피터 알론소의 연봉 25만 달러.

브라이언 마일스의 연봉 34만 달러.

이용운의 지적대로였다.

네 선수 가운데서는 박건이 최고 연봉자였다.

"제가 사겠습니다."

그 사실을 뒤늦게 알게 된 박건은 깔끔하게 밥을 사기로 했다. 그리고 박건이 밥을 사기 위해서 찾아간 곳은 간혹 찾아가던 한식당이었다.

기왕이면 한식당에서 밥을 사는 것이 의미가 있다고 판단해서였다.

불고기와 소갈비구이를 메인으로 한 푸짐한 식사가 시작됐다.

다행히 세 선수는 한국 음식이 입에 맞는 듯 맛있게 식사했다.

박건도 열심히 먹고 적당히 배가 찼을 때, 이용운이 말했다.

"대충 먹었으면 이제 일 좀 하자."

그 이야기를 들은 박건이 의아한 표정을 지었다.

"무슨 일을 하자는 겁니까?"

"친목 도모."

"……?"

"내가 괜히 2 대 4 트레이드를 추진했던 것이 아니다."

이용운이 힘주어 덧붙였다.

"2 대 4 트레이드를 추진했던 가장 큰 이유는 후배가 메이저리그 도전을 이어나갈 수 있는 최선의 방법이었기 때문이었다. 아까도 얘기했듯이 후배가 최고 연봉자일 정도로 폴 바셋과 피터 알론소, 브라이언 마일스는 연봉이 적었기 때문에 스몰 마켓인 마이애미 말린스 입장에서도 부담이 없었을 거거든."

'그런 이유도 있었구나.'

여기까지는 박건도 알지 못했던 사실.

새삼 이용운의 용의주도함에 감탄했을 때였다.

"그리고 내가 2 대 4 트레이드를 고집한 데는 한 가지 이유가 더 있었다."

"그 이유가 대체 뭡니까?"

"후배가 의지할 수 있는 팀원들을 만들어주기 위해서였다."

"팀원… 이요?"

"뉴욕 메츠에서는 그게 안 됐지."

"……?"

"트레이드를 통해서 마이애미 말린스로 이적이 확정됐음에도 작별 인사를 나눌 팀원조차 없다는 것이 후배의 사교성에 문제가 있다는 증거이지."

박건의 말문이 일순 막혔다.

이용운의 지적이 아플 정도로 정확했기 때문이었다.

'작별 인사를 나눌 팀원이 없긴 하네.'

그로 인해 박건이 씁쓸한 미소를 머금었을 때였다.

"가뜩이나 사교성이 없는 데다가 야구마저 못했기 때문이다."

이용운이 이유를 알려줬다.

'야구를 잘해야겠네.'

해서 박건이 속으로 각오를 다졌을 때였다.

"야구를 잘하는 것만으로는 부족해. 마이애미 말린스 선수들 입장에서는 굴러온 돌이나 마찬가지인 후배가 먼저 다가가는 모습을 보이는 게 필요해."

이용운이 꺼낸 해결책을 들은 박건이 답답한 표정을 지었다.

'청력 이상.'

박건이 팀원들과 거리가 멀어진 데는 청력 이상이란 계기가 있었다.

'내 청력에 이상이 있다는 것을 들키면 안 된다.'

이런 생각을 은연중에 갖고 있다 보니 의도적으로 팀원들과 거리를 두고 지냈던 것이었다.

물론 지금은 이용운이 도움을 주고 있었지만, 습관이란 무서웠다.

청력에 이상이 있다는 것을 들키지 않아야 한다는 생각이 앞선 탓에 부지불식간에 팀원들과 거리를 두었다.

그러다 보니 뉴욕 메츠에서도 외톨이나 다름없이 지냈던 것이었고.

'어떻게 다가가야 할까?'

박건이 새로운 문제에 직면했을 때였다.

"후식 음료 나왔습니다."

식사가 거의 끝난 것을 알아챈 종업원이 후식 음료인 식혜를 가져왔다.

항아리에 담겨 있는 얼음이 동동 띄워져 있는 식혜를 멀뚱멀뚱 바라보는 선수들을 확인한 박건이 자리에서 일어났다.

국자를 든 박건이 컵에 식혜를 담아 한 잔씩 나눠 주었다.

"건, 이게 뭐야?"

밥 알갱이가 둥둥 떠 있는 식혜를 관찰하던 브라이언 마일스가 질문했다.

"한국의 디저트 음료야."

"한국의 디저트 음료?"

"이 디저트 음료의 이름은 식혜야."

"시스… 케?"

브라이언 마일스의 괴상한 발음을 듣고 픽 하고 실소를 흘린 박건이 정정했다.

"시스케가 아니라 식혜. 그렇게 멀뚱멀뚱 쳐다보지만 말고 마셔봐. 꽤 맛있으니까."

박건이 재촉하고 나서야 브라이언 마일스를 선두로 선수들이 차례로 컵을 들어 식혜를 맛봤다.

잠시 후, 브라이언 마일스가 두 눈을 크게 떴다.

"시스케, 아주 맛있는데."

"시스케가 아니라 식혜라니까."

"그래. 시스케."

"됐다. 이름이 중요한 건 아니니까."

브라이언 마일스의 식혜 발음을 교정해 주는 것을 깔끔하게 포기한 박건이 선수들을 둘러보며 입을 뗐다.

"난 아까 했던 말을 꼭 지키고 싶어."

"어떤 말?"

브라이언 마일스가 비어버린 컵을 앞으로 내밀며 흥미를 드러냈다.

그 컵을 건네받은 박건이 국자로 식혜를 담으며 대답했다.

"양아치 짓을 했던 것을 뼈저리게 후회하게 만들어주겠다고 했던 이야기 말이야. 내가 미겔 카브레라 감독에게 유감이 많거든."

박건이 대답한 순간, 브라이언 마일스가 콧김을 내뿜으며 입을 뗐다.

"카브레라 감독을 좋아하지 않는 건 나도 마찬가지야. 아니, 싫어하지."

"내가 더 싫어할걸?"

"무슨 소리야. 내가 제일 싫어할걸."

폴 바셋과 피터 알론소 역시 미겔 카브레라 감독에게 유감이 많이 쌓인 것은 마찬가지였다.

그래서 서로 미겔 카브레라 감독을 더 싫어한다고 앞다투어 주장하는 선수들의 반응을 확인한 박건이 다시 입을 뗐다.

"그래서 목표가 생겼어."

"어떤 목표가 생겼지?"

"전승."

"……?"

"뉴욕 메츠와 경기에서는 전승을 거두고 싶어."

박건이 새로이 이적한 마이애미 말린스 소속 선수로서 앞으로 맞붙게 될 뉴욕 메츠와의 경기에서는 전승을 거두고 싶다는 목표가 생겼다고 알려주자, 폴 바셋이 두 눈을 빛내며 화답했다.

"아주 마음에 드는 목표로군."

그리고 피터 알론소도 박건의 새로운 목표에 만족감을 드러냈다.

"그럼 카브레라 감독에게 제대로 엿 먹일 수 있겠군. 그렇지만 문제가 하나 있어."

"어떤 문제지?"

박건이 묻자, 피터 알론소가 대답했다.

"그 목표를 달성하는 게 쉽지 않다는 거야. 건도 대충 알겠지만, 마이애미 말린스는 강팀과는 거리가 멀거든."

"예전에는 그랬지."

"응?"

"마이애미 말린스는 더 이상 약팀이 아냐."

"왜지?"

박건이 대답했다.

"우리가 합류하니까."

＊　　　＊　　　＊

박건이 힘주어 대답했지만 반응은 뜨뜻미지근했다. 그리고 뜨뜻미지근한 반응이 돌아왔지만, 박건은 당황하지 않았다.

이런 반응이 돌아올 것을 예상했기 때문이었다.

"우선 확신을 심어주는 것이 급선무다."

그런 박건이 이용운이 건넸던 조언을 떠올렸다.

이용운은 밥을 사라고 권하면서 함께 마이애미 말린스로 이적하게 된 세 선수들에게 본인에 대한 확신을 심어주는 것이 우선이라고 밝혔다.

"주전 경쟁에서 밀린 채 오랜 시간이 흘러서 자존감이 바닥일 테니까."

이용운이 알려줬던 세 선수에게 스스로에 대한 확신을 심어줘야 하는 이유였다.

'선배님의 말씀이 옳아.'

극도의 부진에 빠졌을 당시, 박건은 야구선수로서 스스로의 능력에 대한 확신을 잃어버렸다.

그로 인해 야구를 포기할까 하는 고민까지 했었다.

다행히 박건의 곁에는 영혼의 파트너인 이용운이 존재했다.

이용운이 물심양면으로 도움을 준 덕분에 박건은 간신히 다시 야구선수로서 스스로의 능력에 대한 확신을 되찾을 수 있었다.

그렇지만 폴 바셋과 피터 알론소, 브라이언 마일스는 달랐다.

자신과 달리 곁에서 용기를 북돋아줄 영혼의 파트너가 없었다.

그런 만큼 현재 자존감이 많이 떨어져 있으리라.

"아까 피터가 한 말처럼 마이애미 말린스는 약팀이 맞아. 자동차로 비유하면 간신히 굴러는 가고 있지만 온통 수리할 것투성이인 고물 차량이지. 그리고 잭 대니얼스 단장이 우릴 영입한 것에는 분명한 이유가 있어."

박건이 운을 뗐을 때였다.

"들러리."

피터 알론소가 자조 섞인 웃음을 지은 채 덧붙였다.

"우린 건을 영입하는 과정에서 구색을 맞추기 위한 들러리지."

그 이야기를 들은 박건이 고개를 저었다.

"틀렸어. 들러리가 아니니까."

"……?"

"아까도 얘기했듯이 잭 대니얼스 단장이 마이애미 말린스로 우릴 영입한 것에는 분명한 이유가 있어. 지금부터 그 이유를 알려줄게."

박건이 우선 자조 섞인 웃음을 짓고 있는 피터 알론소를 바라보며 말했다.

"마이애미 말린스의 외야 수비. 얼핏 살피기에는 별문제가 없는 것처럼 느껴져. 그렇지만 한 꺼풀 벗기고 좀 더 자세히 살펴보면 문제가 많아. 우익수 피터 오브라이언과 중견수 커티스 그랜더슨, 그리고 좌익수 오스틴 딘으로 구성된 현재 마이애미 말린스 외야진은 올 시즌 현재까지 홈 보살을 다섯 개밖에 기록하지 못했어. 다섯 개라는 보살 개수도 메이저리그 최소지만, 더 문제가 되는 것은 다섯 개의 홈 보살을 모두 커티스 그랜더슨이 기록했다는 점이야. 즉, 피터슨 오브라이언과 오스틴 딘은 시즌이 중반으로 접어드는 현재까지 보살을 하나도 기록하지 못했어. 어깨가 약하기 때문이지."

이용운과 함께한 시간이 길어지면서 박건은 배운 것이 많았다.

그중 하나가 듣는 이에게 신뢰를 심어주는 방식이었다.

이용운은 대화 상대에게 신뢰를 심어주기 위해서 객관화된 수치를 이용했다. 그래서 박건도 현(現) 마이애미 말린스 수비진의 보살 개수를 언급한 것이었다.

그리고 아직 끝이 아니었다.

박건이 준비한 것은 하나 더 있었다.

"이걸 봐."

스마트폰을 꺼낸 박건이 피터 알론소에게 내밀었다.

"이게 뭐지?"

"피터슨 오브라이언과 오스틴 딘의 수비 영상을 편집한 거야."

박건이 대답한 후 영상을 재생시켰다.

*   *   *

4—4.

동점 상황에서 펼쳐진 애틀랜타 브레이브스의 5회 말 공격.

1사 1, 3루 상황에서 타석에 들어선 것은 앤디 인시아테였다.

마애이미 말린스의 선발투수인 네이션 불러는 추가 실점을 막기 위해서 혼신의 힘을 다해서 투구했다.

슈악.

딱.

앤디 인시아테가 힘껏 배트를 휘둘렀지만 정타는 되지 못했다.

배트 끝부분에 걸린 타구는 멀리 뻗지 못했다.

마이애미 말린스의 우익수인 피터슨 오브라이언이 원래 수비위치에서 두 걸음가량 뒤로 물러났다.

3루 주자가 태그업을 시도해 홈승부를 하기에는 얕은 타구의 깊이.

탁.

그러나 3루 주자는 우익수 피터슨 오브라이언이 타구를 포구한 순간, 망설이지 않고 태그업을 시도했다.

쉬이익.

피터슨 오브라이언이 태그업을 시도한 3루 주자를 잡아내기 위해서 힘껏 홈으로 송구했다.

그런 피터슨 오브라이언의 홈송구 방향은 정확했다.

하지만 투 바운드를 일으킨 송구가 포수에게 전달됐을 때, 헤드퍼스트슬라이딩을 감행한 3루 주자의 왼손은 이미 홈베이스에 닿은 후였다.

*   *   *

"보다시피 피터슨 오브라이언은 어깨가 약해. 그래서 주지 않아도 될 점수를 줬지."

홈승부 영상이 끝난 후, 박건이 입을 뗐다.

피터슨 오브라이언의 약점은 어깨가 약하다는 것이었다. 그리고 문제는 이런 피터슨 오브라이언의 약점이 이미 노출됐다는 점이었다. 그래서 타 팀들은 마이애미 말린스와의 경기에서 어깨가 약하다는 피터슨 오브라이언의 약점을 적극적으로 이용하고 있었다.

방금 전 본 영상이 그 증거였다.

애틀랜타 브레이브스의 7번 타자 앤디 인시아테가 때린 외야플라이.

3루 주자가 태그업을 시도하기에는 분명히 얕은 타구였다.

그렇지만 3루 주자가 지체 없이 태그업을 시도해서 홈으로 파고든 것은 마이애미 말린스 우익수 피터슨 오브라이언의 어깨가 약하다는 약점을 알고 있기 때문이었다.

물론 피터슨 오브라이언에게도 장점은 있었다.

통산 타율이 2할대 후반일 정도로 컨택 능력이 있다는 점이었다.

"마이애미 말린스의 좌익수인 오스틴 딘도 어깨가 약하다는 문제를 갖고 있는 것은 마찬가지야. 그래서 마이애미 말린스의 중견수인 커티스 그랜더슨에게 수비 부담이 가중되고 있는 상황이지. 커티슨 그랜더슨의 공격 지표가 마이애미 말린스로 이적한 후 꾸준히 하락세를 그리는 이유도 수비 부담이 가중된 것과 연관이 있다는 분석이 나오고 있어. 그리고 잭 대니얼스 단장은 마이애미 말린스의 허약한 외야 수비에 대해서 잘 알고 있기 때문에 나와 피터를 영입한 거야."

"그럼……?"

"마이애미 말린스의 외야 수비를 강화시키고 싶어서 이번 트레이드를 단행한 거지. 그리고 난 잭 대니얼스 단장의 선택이 옳다고 선택해. 마이애미 말린스의 외야 수비를 강화시키기 위해서 피터만 한 적임자가 없으니까."

트레이드의 들러리가 아니다.

팀에 꼭 필요한 선수이기 때문에 본인을 영입했다는 사실을 알게 된 피터 알론소의 눈빛이 달라졌다.

그 눈빛 변화를 확인한 박건이 다음으로 폴 바셋을 바라보았다.

"폴을 영입한 것도 분명한 이유가 있어. 잭 대니얼스 단장은 현재 마이애미 말린스의 유격수인 브라이언 앤더슨의 수비 능력에 의문을 표하고 있어. 아니, 불만을 갖고 있지. 내야 수비의 핵이라 할 수 있는 유격수 브라이언 앤더슨이 실책이 잦고 수비 범위가 좁기 때문에 마이애미 말린스의 내야 수비 전체가 흔들리고 있으니까. 이것이 잭 대니얼스 단장이 폴을 영입한 이유야."

"내가 브라이언 앤더슨의 대체 선수다?"

"맞아."

"하지만……."

"하지만 뭐지?"

"타격은 나보다 브라이언 앤더슨이 한 수 위다."

폴 바셋의 말이 옳았다.

타격만 놓고 보자면 브라이언 앤더슨이 폴 바셋보다 나았
다.

"타격과 수비가 모두 좋은 유격수가 팀에 있는 게 최상이
지. 하지만 둘 중 하나만 택해야 한다면 타격보다 수비가 좋
은 유격수가 더 인정받는 법이야. 그 이유는… 설명하지 않아
도 되지?"

유격수는 포수와 함께 내야 수비의 핵이었다.

유격수가 얼마나 안정적인 수비를 펼치느냐에 따라 그 팀
의 내야 수비 능력도 달라지기 마련이었다.

그래서 유격수는 타격 능력보다 수비 능력이 더 중요한 포
지션이었다.

폴 바셋도 그 사실을 모를 리 없었다.

이번 트레이드 명단에 포함되어 마이애미 말린스로 적을 옮
긴 자신의 쓰임새를 알게 된 폴 바셋의 눈빛도 바뀌었다.

의욕이 한층 강해진 폴 바셋의 눈빛을 확인한 박건이 마지막으로 브라이언 마일스를 바라보며 물었다.

"브라이언도 들러리라고 생각해?"

"아니. 내가 꼭 필요했기 때문에 날 영입했을 거라고 생각해."

"맞아. 그럼 브라이언이 필요한 이유가 무엇일까?"

"천재니까."

"응?"

"내 천재적인 재능을 알아본 거야. 그래서 잭 대니얼스 단장이 날 마이애미 말린스로 영입한 거지."

브라이언 마일스는 폴 바셋과 피터 알론소와는 달랐다.

그래서 박건이 당황했을 때, 이용운이 조언했다.

"넘어가라."

"네?"

"브라이언 마일스는 그냥 넘어가라고."

"하지만……."

"그 편이 낫다. 더 추켜세워 주면 병세가 더 심각해질 것 같으니까."

"무슨 병이요?"

"천재병."

'그러고도 남겠네.'

박건이 고개를 작게 끄덕이며 이용운의 의견에 수긍했다.

브라이언 마일스는 천성이 낙천적이었다.

그래서 자존감이 전혀 떨어지지 않은 상태였다.

박건이 자존감을 높여주기 위해서 추켜세워 주면 오히려 역효과가 날 수도 있단 생각이 들었다.

'긁어 부스럼은 만들지 말자.'

이렇게 판단한 박건이 식혜를 한 모금 마신 후 화제를 돌렸다.

"아까 내가 밝혔던 목표 말고 한 가지 목표가 더 있어."

박건이 한 가지 목표가 더 있다고 밝히자 브라이언 마일스가 나섰다.

"나는 건의 목표가 뭔지 알 것 같아."

"뭐라고 생각해?"

"사이클링히트."

"……?"

"계속 간발의 차로 사이클링히트를 달성할 기회를 놓쳤잖아? 그래서 마이애미 말린스로 이적한 후에 사이클링히트를 달성하고 싶은 게 목표 아냐?"

"아닌데."

"그럼 다른 목표가 뭔데?"

"우승이야."

"무슨 우승?"

"지구 우승을 차지하고 싶어."

"……?"

"지구 우승을 차지한 후에 월드시리즈 우승도 차지하고 싶어."

마이애미 말린스 이적 후 뉴욕 메츠와의 맞대결에서 전승을 거두고 싶다는 첫 번째 목표를 밝혔을 때의 반응은 뜨뜻미지근했다.

그런데 두 번째 목표를 밝혔을 때의 반응은 또 달랐다.

폴 바셋과 피터 알론소, 브라이언 마일스는 일제히 황당하기 짝이 없다는 시선을 던지고 있었다.

'내가 원했던 반응은 이게 아닌데.'

입맛을 쩝 다신 박건이 다시 입을 뗐다.

"반응이 왜 이래?"

잠시의 침묵 후 브라이언 마일스가 나섰다.

"건, 정신 차려."

"응?"

"나보다 더하네."

브라이언 마일스가 한숨을 푹 내쉬며 말했다.

"현실을 직시해."

"이번 목표는 잘못 잡았다."

폴 바셋과 피터 알론소도 박건이 목표를 너무 높이 잡았다
고 지적했다.

그렇지만 박건은 물러설 생각이 없었다.

"가능해."

"하지만……."

"우리가 마이애미 말린스에 합류하면서 여러 약점을 지웠으
니까."

박건이 재차 강조했지만, 선수들의 반응은 바뀌지 않았다.

절레절레 고개를 흔들고 있는 브라이언 마일스를 확인한 박
건의 가슴이 답답해졌을 때였다.

"백날 입으로 떠들어봐야 소용없다."

이용운이 충고했다.

"그럼 어쩌죠?"

박건이 방법을 묻자, 이용운이 대답했다.

"그림을 그려보라고 해."

"그림… 이요?"

"머릿속으로 새로운 마이애미 말린스의 그림을 그려보라고
말해. 아니다. 후배가 직접 알려줘라."

"뭘 알려주란 겁니까?"

이용운에게서 대답이 돌아왔다.

"새로운 마이애미 말린스의 선발 라인업."

〈마이애미 말린스 예상 선발 라인업〉

1. 브라이언 마일스.

2. 박건.

3. 브라이언 할리데이.

4. 이안 카스트로.

5. 커티스 그랜더슨.

6. 닐 워커.

7. 피터 알론소.

8. 폴 바셋.

9. 샌디 알칸트라.

Pitcher. 샌디 알칸트라.

카운터에서 메모지와 펜을 빌려서 돌아온 박건이 마이애미 말린스의 가상 선발 라인업을 작성했다.

예상대로 폴 바셋과 피터 알론소, 브라이언 마일스는 자신들의 이름이 적혀 있는 선발 라인업에 홍미를 드러냈다.

"건, 이게 뭐야?"

"내가 생각하는 마이애미 말린스의 예상 선발 라인업이야.

아니, 내가 생각하는 마이애미 말린스의 베스트 선발 라인업이라고 표현하는 것이 더 맞겠네."

브라이언 마일스의 질문에 박건이 대답했다.

"이게 우리가 합류한 후 마이애미 말린스의 예상 선발 라인업이다?"

"맞아. 어떤 것 같아?"

"낯설어."

브라이언 마일스가 대답했다.

'그럴 만하지.'

박건이 속으로 그 의견에 수긍했다.

트레이드를 통해서 새로이 마이애미 말린스로 이적한 박건과 폴 바셋, 피터 알론소, 그리고 브라이언 마일스까지 새로이 선발 라인업에 포함된 만큼, 기존의 마이애미 말린스 선발 라인업과는 큰 폭의 변화가 있었다.

낯설게 느껴질 정도로 큰 변화.

"브라이언 할리데이와 이안 카스트로, 커티스 그랜더슨으로 이어지는 마이애미 말린스의 클린업트리오는 생각보다 나쁘지 않아. 그럼에도 불구하고 지금까지 마이애미 말린스의 득점력이 30개 구단 중 29위에 그쳤던 이유는 기존의 테이블세터진이었던 피터슨 오브라이언과 마틴 프로도의 출루율이 워낙 낮아서였어. 그런데 브라이언과 내가 새롭게 테이블세터진을 구성한다면 득점력이 상승할 확률이 아주 높아지지. 게다가 마이애미 말린스 공격력이 빈곤했던 또 하나의 이유였던, 식물 타선이나 다름없던 하위타순도 달라져. 오스틴 딘과 브라이언 앤더슨을 대신해서 폴과 피터가 들어설 테니까. 이 정도 타선이면 메이저리그 최정상급은 아닐지라도 중상위권은 된다고 판단해."

박건이 도중에 설명을 멈추고 귀를 기울이고 있는 선수들을 살폈다.

'제대로 알아듣고 있는 거야?'

속으로 걱정하면서 박건이 잠시 멈췄던 설명을 이어나갔다.

"메이저리그 중상위권의 타선이지만 마이애미 말린스에는 확실한 강점이 있어. 그 강점은 바로 수비야."

폴 바셋과 브라이언 마일스가 가세하는 마이애미 말린스의 내야 수비.

박건과 피터 알론소가 가세하는 마이애미 말린스의 외야 수비.

분명히 이전과 비교할 수 없을 정도로 견고해질 것이었다.

그러니 더 이상 수비는 마이애미 말린스의 약점이 아니라 강점으로 바뀔 것이었다.

"경기당 평균 5득점 이상을 하고 탄탄한 수비로 5실점 이하의 경기를 하면 마이애미 말린스가 반등하면서 내셔널리그 동부 지구 우승을 차지할 수 있을 거야."

'그리고 월드시리즈 우승도 꿈이 아니야.'

원래 박건이 하려던 말이었다.

그렇지만 박건은 그 말을 도로 삼켰다.

월드시리즈 우승은 너무 먼 일.

괜히 이야기를 꺼내면 오히려 현실감이 줄어들 것을 우려했기 때문이었다.

잠시 후, 박건이 세 선수의 반응을 살폈다.

누구라도 좋으니 어떤 반응을 보여주길 바랐는데.

박건의 기대와 달리 어떤 반응도 돌아오지 않았다.

입을 꾹 다문 채 불신 어린 시선을 던지고 있는 폴 바셋과 피터 알론소, 브라이언 마일스를 확인한 박건이 한숨을 푹 내쉬었을 때였다.

"상상력이 빈곤한 편이로군."

이용운이 끼어들며 덧붙였다.

"백문이 불여일견. 보아하니 마이애미 말린스가 강팀이란 것을 직접 눈으로 봐야만 믿을 것 같구나."

제8장

탁. 탁.

구단에서 마련해 준 숙소로 돌아와 하나씩 짐을 정리하다 보니 비로소 마이애미 말린스로 이적한다는 실감이 나기 시작했다.

다행인지 불행인지 짐은 많지 않았다.

뉴욕 메츠 소속 선수로 보낸 시간이 길지 않았다는 증거.

예상보다 일찍 짐 정리를 끝마친 박건이 숙소를 둘러보며 이용운에게 질문했다.

"조 매팅리 감독님은 어떤 분입니까?"

미겔 카브레라 감독에게 학을 뗀 경험이 있어서일까?

마이애미 말린스로 이적하는 것이 실감이 난 순간, 가장 먼저 떠오른 것은 조 매팅리 감독의 성향이었다.

그렇지만 이용운은 대답 대신 도리어 질문을 던졌다.

"마이애미 말린스의 잭 대니얼스 단장은 궁금하지 않아?"

"물론 궁금합니다."

"그런데 왜 잭 대니얼스 단장이 아니라 조 매팅리 감독에 대해서 먼저 물어본 거야?"

"아직 젊더라고요."

"응?"

"잭 대니얼스 단장님 말입니다. 포털사이트를 통해서 확인해 보니 아직 40대 초반이었습니다. 그러니 알츠하이머 때문에 단장직에서 사임하진 않을 것 아닙니까?"

"그렇긴 하지만……."

"일단은 그걸로 됐습니다."

미겔 카브레라 감독과 달리 잭 니퍼트 전 단장과 박건의 관계는 나쁘지 않았다. 그래서인지 몰라도 잭 대니얼스 단장과의 관계는 큰 걱정이 되지 않았다.

"조 매팅리 감독은… 나도 잘 모른다."

잠시 후, 이용운에게서 돌아온 대답은 박건이 원했던 대답이 아니었다.

해서 살짝 실망한 기색을 드러낸 순간이었다.

"마이애미 말린스가 그가 감독을 맡은 첫 번째 구단이다. 작년에 부임했고, 올해가 마이애미 말린슨를 이끌고 있는 두 번째 시즌이지. 지난 시즌 마이애미 말린스는 내셔널리그 동부 지구 최하위를 기록했고, 올 시즌에도 마이애미 말린스는 현재까지 지구 최하위에 머물고 있지. 원래라면 무능한 감독이라고 평가하는 것이 맞지만, 조 매팅리 감독의 경우에는 무능하다고 평가하기가 애매하다."

"왜 애매한 겁니까?"

"조 매팅리 감독이 이끈 것이 마이애미 말린스니까. 어지간히 능력 있는 감독이라고 해도 마이애미 말린스를 이끌고 지구 최하위를 벗어나게 만드는 것은 쉽지 않은 일이거든."

'감독으로서의 능력은 아직 검증이 안 됐다는 뜻이네.'

이용운의 말뜻을 이해한 박건이 납득한 표정을 지었을 때였다.

"그렇지만 의욕은 있다."

"그걸 선배님이 어떻게 아십니까?"

"조 매팅리 감독이 인터뷰한 내용을 봤거든. 계약기간 3년 안에 마이애미 말린스의 지구 우승을 이끌겠다. 그리고 더 높은 곳으로 비상하겠다. 마이애미 말린스 감독으로 취임한 후 인터뷰에서 조 매팅리 감독이 밝혔던 각오였다."

"더 높은 곳이라면… 월드시리즈 우승을 목표로 하겠다는 뜻입니까?"

"아마 그렇겠지."

"꿈이 크네요."

내셔널리그 동부 지구 만년 최하위 팀인 마이애미 말린스의 전력이 약하다는 사실을 조 매팅리 감독이 몰랐을 리 없었다.

그런데 마이애미 말린스 감독으로 취임한 후 인터뷰에서 지구 우승은 물론이고 월드시리즈 우승을 노리겠다는 포부를 밝힌 것.

좋게 말하면 꿈이 큰 것이었고, 나쁘게 말하면 주제 파악을 못 한 것이었다.

해서 박건이 냉소를 머금었을 때, 이용운이 말했다.

"그런데 난 조금 다르게 해석했다."

"어떻게 말입니까?"

"감독으로서 월드시리즈 우승을 목표로 하겠다. 그렇지만 마이애미 말린스 감독으로서는 아니다. 이렇게 해석했지."

"왜 그렇게 해석하신 겁니까?"

"조 매팅리 감독도 바보가 아닐 테니까."

"……?"

"감독으로서 마이애미 말린스 구단을 이끌고 월드시리즈

우승을 차지하는 것. 불가능하다는 것을 알고 있었을 것이다."

"하지만……."

"그래서… 주어를 생략했지."

"주어를 생략하다니요?"

"아까 내가 알려줬던 조 매팅리 감독이 인터뷰에서 밝혔던 각오를 다시 떠올려 봐라. 내가 뭐라고 했었지?"

"계약기간 3년 안에 마이애미 말린스의 지구 우승을 이끌겠다. 그리고 더 높은 곳으로 비상하겠다. 이렇게 말씀하셨습니다."

"거기서 주어가 빠졌단 말이다."

'아!'

박건이 뒤늦게 말귀를 알아들었다.

조 매팅리 감독은 인터뷰 도중에 계약기간 3년 안에 마이애미 말린스의 지구 우승을 이끌겠다고 포부를 밝혔다.

또, 더 높은 곳으로 비상하겠다는 포부도 밝혔다.

얼핏 듣기에는 이상함을 느낄 수 없었다.

그렇지만 자세히 살펴보면 조 매팅리 감독이 첫 번째 포부를 밝힐 때는 마이애미 말린스가 언급됐지만, 두 번째 포부를 밝힐 때는 마이애미 말린스가 언급되지 않았다.

'역시 예리하네.'

자신을 포함한 대부분의 사람들은 놓치고 지나갔을 사소한 차이.

그렇지만 이용운은 그 사소한 차이를 놓치고 지나가지 않았다.

그런 이용운의 예리함에 박건이 내심 감탄했을 때였다.

"어차피 그게 중요한 것은 아니다."

이용운이 말했다.

"왜 중요하지 않다는 겁니까?"

"의욕과 야심이 크다는 것은 마찬가지니까."

조 매팅리 감독이 마이애미 말린스를 이끌고 월드시리즈 우승을 노리려면 일단 지구 우승을 차지해야 했다.

또, 조 매팅리 감독이 다른 팀을 이끌고 월드시리즈 우승을 노리려 한다 해도 마이애미 말린스의 감독으로서 눈에 띄는 성과를 거둬야 했다.

그래야만 다른 팀의 러브콜을 받을 수 있었으니까.

즉, 어느 쪽이든 조 매팅리 감독은 마이애미 말린스를 이끌고 좋은 성적을 거둬야 한다는 뜻이었다.

"문제는 경험과 능력이 부족하다는 것이지."

이용운이 꺼낸 이야기를 들은 박건이 그 의견에 수긍했다.

야구는 의욕만으로 잘할 수 있는 게 아니라는 사실.

그간의 경험을 통해서 박건이 어느 누구보다 잘 알고 있었다.

조 매팅리 감독의 경력은 일천했고, 당연히 베테랑 감독들보다 경험과 능력이 부족할 수밖에 없었다.

그래서 박건이 우려 섞인 표정을 지었을 때, 이용운이 말했다.

"부족한 경험과 능력은 내가 채워줄 것이다."

"선배님… 이요?"

"그래."

"왜요?"

"조 매팅리 감독이 마음에 들어서가 아니다. 후배를 위해서지."

"……?"

"월드시리즈 우승을 차지해야만 후배가 한국에 돌아갈 수 있으니까."

'쩝.'

박건이 입맛을 다셨다.

"뼈를 묻을 각오로 도전하겠습니다."

메이저리그 도전을 위해서 출국하기 전 공항에서 기자에게 무심코 밝혔던 박건의 출사표는 기사로 작성됐다.

〈월드시리즈 우승 전에 KBO 리그 복귀는 없다. 배수진을 치고 떠나는 박건〉

기자가 작성한 기사의 제목이었다. 그리고 그 기사로 인해 박건은 본의 아니게 월드시리즈 우승 전에는 KBO 리그에 복귀하지 못하게 된 상황이었다.

'말조심을 했어야 했는데.'

박건이 답답한 표정으로 한숨을 내쉬었다.

'시간이 지나면 이 기사도 잊혀지지 않을까?'

이런 기대를 품었던 박건이 이내 고개를 흔들었다.

요새 네티즌들은 독한 면이 있었다.

만약 박건이 모종의 이유로 KBO 리그 복귀를 선언한다면, 득달같이 달려들어 이 기사를 찾아낼 확률이 높았다.

물론 박건이 당시 했던 발언에 어떤 법적 효력이 있는 것은 아니었다.

그럼에도 불구하고 계속 신경이 쓰이는 이유는… 자존심 때문이었다

실수였던, 일시적인 감정이었던 간에 박건이 기자 앞에서 그런 이야기를 꺼냈던 것은 팩트.

기왕이면 자신이 한 말을 지키고 싶었다.

'말에는 힘이 있다고 했으니까.'

언젠가 이용운이 했던 말을 박건이 떠올렸을 때였다.

"그리고 조 매팅리 감독 때문이라면 너무 걱정할 것이 없다."

"왜 걱정할 게 없다는 겁니까?"

박건이 질문하자, 이용운이 대답했다.

"최소한 미겔 카브레라 감독보단 나을 테니까."

*   *   *

박건이 마이애미에 대해서 아는 정보는 거의 없었다.

간혹 보던 미드인 'CSI 마이애미'를 통해서 본 것이 전부였다.

그렇지만 'CSI 마이애미'의 장르는 수사물.

살인 사건이 주요 소재인 만큼, 마이애미라는 도시에 대한 자세한 정보를 얻기는 힘들었다.

미드의 배경으로 등장했던 파란 하늘과 강렬한 햇살, 너른 해변 등을 본 것이 박건이 마이애미라는 도시에 대해서 알고 있는 전부나 마찬가지였다.

그 미드 속에서처럼 마이애미의 공기는 따뜻했다.

그렇지만 박건에게는 마이애미의 따뜻한 날씨를 만끽할 기회가 없었다.

검정색 유니폼에 새겨진 'MIAMI'라는 낯선 문구에 적응하기 위해 애쓰고 있을 때, 조 매팅리 감독이 다가왔다.

"우리 팀의 일원이 된 것을 환영한다."

뉴욕 메츠 미겔 카브레라 감독과 마찬가지로 조 매팅리 감독의 환영 인사 역시 무척 짤막했다.

그렇지만 박건은 차이를 느꼈다.

우선 악수를 했다.

먼저 오른손을 내밀어 악수를 청한 조 매팅리 감독의 손에서는 따뜻한 온기가 전해졌다.

또, 어투도 달랐다.

환영한다고 말하는 조 매팅리 감독의 어투에서는 호의가 느껴졌다.

그리고 조 매팅리 감독이 환영 인사를 짧게 한 데는 한 가지 이유가 더 있었다.

박건이 마이애미에 도착해서 선수단에 합류하자마자 바로 선발 라인업에 포함됐기 때문이었다.

*   *   *

〈마이애미 말린스 선발 라인업〉

1. 브라이언 마일스.

2. 박건.

3. 브라이언 할리데이.

4. 이안 카스트로.

5. 커티스 그랜더슨

6. 닐 워커.

7. 폴 바셋

8. 피터 알론소.

9. 헥터 노에사.

Pitcher. 헥터 노에사.

애틀랜타 브레이브스와의 3연전 두 번째 경기를 앞두고 조 매팅리 감독이 공개한 마이애미 말린스의 선발 라인업.

박건이 예상했던 선발 라인업과 거의 일치했다.

차이점은 두 가지.

폴 바셋과 피터 알론소의 타순이 바뀌었다는 점과 투수 겸 9번 타자가 샌디 알칸트라가 아니라 헥터 노에사라는 점이었다.

"딱 원하던 그림이다."

마이애미 말린스 선발 라인업을 확인한 후, 이용운이 덧붙였다.

"일단 넷 모두 선발 라인업에 포함된 것이 마음에 든다. 잭 대니얼스 단장의 의지가 다른 선수들에게도 전해질 테니까."

'잭 대니얼스 단장의 의지라면… 일괄 수리.'

이용운이 '더 독해져서 돌아온 독한 야구'에서 마이애미 말린스를 외양만 번지르르한 스포츠카로 비유했던 것은 무척 적절했다.

그래서일까.

그 비유가 계속 기억에 남았다.

"그리고 첫 상대도 마음에 든다."

이용운은 박건이 마이애미 말린스 소속 선수로 치르는 첫 경기 상대가 애틀랜타 브레이브스라는 점도 마음에 든다고 말했다.

"왜 애틀랜타 브레이브스가 첫 상대 팀인 것이 마음에 든다는 겁니까?"

"간단하다. 애틀랜타 브레이브스가 현재 내셔널리그 동부지구 선두를 달리고 있는 팀이니까."

"……?"

"후배를 포함해서 트레이드로 합류한 선수들을 선발 라인업에 모두 포진시킨 마이애미 말린스가 지구 선두를 달리고 있는 강팀 애틀랜타 브레이브스를 상대로 승리를 거둔다면, 마이애미 말린스가 트레이드 후에 강팀으로 변모할 가능성이 있다는 것을 보여주기에 충분하니까."

'백문이 불여일견.'

이용운의 대답을 들은 박건이 떠올린 속담이었다.

"우리가 새로 합류한 마이애미 말린스는 더 이상 약팀이 아니다."

박건이 밥을 사면서 계속 강조했던 이야기였다. 그러나 폴 바셋과 피터 알론소, 브라이언 마일스는 그 이야기를 순순히 믿지 않았다.

불신 어린 시선을 던지는 그들의 생각을 단숨에 바꿀 수 있는 방법으로 이용운이 제시한 것.

현재 내셔널리그 동부 지구 선두를 달리고 있는 강팀 애틀랜타 브레이브스를 상대로 승리를 거두는 것이었다.

'무조건… 이긴다.'

박건이 속으로 각오를 다졌다.

첫 단추를 잘 꿰야 한다는 속담이 괜히 있는 것이 아니었다.

무엇이든 시작이 중요한 법이었다. 그리고 뉴욕 메츠 소속 선수로 메이저리그에 도전장을 내밀었던 박건의 시작은 좋지 않았다.

그리고 첫 단추를 잘못 꿰고 나자 상황은 점점 최악으로 흘러갔다.

똑같은 실수를 반복하고 싶은 생각.

당연히 꿈에도 없었다.

'집중력을 이어나간다.'

박건이 떠올린 생각이었다.

뉴욕 메츠가 5연승을 거둘 당시, 박건은 매 경기를 메이저 리그에서 펼치는 마지막 경기란 각오로 임했었다.

그 굳은 각오는 자연스레 집중력 상승으로 이어졌고 뉴욕 메츠가 5연승을 거두는 내내 좋은 활약을 펼칠 수 있는 원동 력이 됐다.

'더 물러설 곳이 없다.'

배수진을 친 박건이 경기의 시작을 기다렸다.

*   *   *

1—7.

마이애미 말린스와 애틀랜타 브레이브스 3연전 첫 경기의 최종 스코어였다.

팀의 1선발을 맡고 있는 샌디 알칸트라를 내세웠음에도 타 선이 침묵하면서 마이애미 말린스는 완패했다.

그래서 오늘 경기의 승리가 더욱 중요했다.

헥터 노에사 VS 데릭 롱고베리.

양 팀의 2차전 선발 매치업이었다.

마이애미 말린스는 2선발인 헥터 노에사가 선발투수로 출전한 반면, 애틀랜타 브레이브스는 5선발인 데릭 롱고베리가 선발투수로 출전했다.

양 팀의 3차전 선발 매치업은 네이션 뷸러 VS 댈러스 카이클.

네이션 뷸러는 마이애미 말린스의 3선발을 맡고 있는 선발투수인 반면, 댈러스 카이클은 애틀랜타 브레이브스에서 1선발 역할을 맡고 있는 명실공히 팀의 에이스였다.

3차전 선발투수 매치업에서 무게 추는 애틀랜타 브레이브스로 확실히 기울었다.

게다가 마이애미 말린스는 1차전에서 팀의 1선발인 샌디 알칸트라를 투입하고도 애틀랜타 브레이브스에게 완패를 당했던 상황.

만약 2차전을 패한다면 마이애미 말린스는 애틀랜타 브레이브스를 상대로 스윕을 당할 가능성이 높았다.

이것이 조 매팅리가 감독석에 앉지도 못하고 초조한 기색으로 그라운드를 응시하고 있는 이유였다.

*   *   *

"무리수가… 아닐까?"

자신이 직접 작성해서 발표했음에도 불구하고 마이애미 말린스의 선발 라인업은 낯설게 느껴졌다.

트레이드를 통해서 마이애미 말린스로 이적한 선수들이 포함되면서 워낙 큰 폭의 라인업 변화가 있었기 때문이었다. 그리고 조 매팅리 감독이 못마땅한 표정을 지은 이유는 선발 라인업에 큰 폭의 변화를 준 것이 자신의 뜻이 아니었기 때문이었다.

"박건, 폴 바셋, 브라이언 마일스, 피터 알론소를 모두 선발 출전시키게."

잭 대니얼스 단장이 트레이드를 통해서 새로이 마이애미 말린스에 합류한 네 선수를 모두 경기에 출전시키라고 지시했기 때문이었다.

그의 뜻을 거스를 수는 없었기에 일단 네 선수를 모두 오늘 경기 선발 라인업에 포함시키기는 했다.

그렇지만 조 매팅리는 불안감을 감추지 못했다.

내야에 두 명, 외야에 두 명.

수비진에 큰 변화가 생긴 상황.

이 네 선수들은 마이애미 말린스로 이적하자마자 바로 실전에 투입됐기에 기존 선수들과 손발을 맞출 시간과 기회가 없었다.

'너무 서둘러.'

원래 조 매팅리가 세웠던 계획은 새로이 마이애미 말린스에 합류한 네 선수들에게 적응할 시간을 주는 것이었다.

네 선수를 번갈아 주전으로 기용하면서 기존 선수들과 손발을 맞추며 적응할 시간을 주는 것이 필요하다고 판단했다.

그편이 혼란을 줄일 수 있는 최선이라고 판단했기 때문이었다.

그러나 잭 대니얼스는 네 선수를 한꺼번에 기용하라고 지시하며 고집을 부렸다.

'현장을… 몰라.'

잭 대니얼스가 가진 단장으로서의 능력은 조 매팅리도 인정하고 있었다.

그러나 현장은 또 달랐다.

서두르면서 무조건 밀어붙인다고 해서 능사가 아니었다.

너무 서두르다 보면 부작용이 발생하는 게 현장이었다.

"대체 왜 이렇게 서두르는 걸까?"

잭 대니얼스의 의중을 파악하는 것이 쉽지 않아서 조 매팅리가 답답한 한숨을 내쉴 때였다.

"플레이볼."

주심의 선언과 함께 경기가 시작됐다.

*　　　　*　　　　*

1회 초 애틀랜타 브레이브스의 공격.

헥터 노에사는 애틀랜타 브레이브스의 1번 타자 아지 알비스와 풀카운트 승부를 펼쳤다.

그리고 6구째.

슈악.

헥터 노에사가 던진 커브는 높았다.

또 가운데로 몰렸다.

따악.

아지 알비스는 가운데로 몰린 높게 형성된 커브를 놓치지 않았다.

매섭게 돌아간 배트 중심에 걸린 타구는 1루수의 키를 넘긴 후 빠르게 날아가서 라인 선상 안쪽에 떨어졌다.

'3루타.'

더그아웃에서 타구의 궤적을 눈으로 쫓던 조 매팅리가 눈살을 찌푸렸다.

애틀랜타 브레이브스의 리드오프 임무를 맡고 있는 아지 알비스는 발이 빨랐다.

당연히 3루까지 노릴 터.

그래서 쉽게 선취점을 허용하는 그림이 머릿속에 그려졌을 때였다.

타다닷.

예상대로 2루 베이스를 통과한 후 속도를 줄이지 않고 3루로 내달리던 아지 알비스가 도중에 달리던 속도를 줄이며 멈추었다.

'왜?'

갑자기 멈춘 아지 알비스를 확인하고 조 매팅리가 의문을 품었을 때였다.

틱.

원바운드를 일으킨 송구가 3루 베이스 앞을 지키고 있던 3루수의 앞으로 정확하게 도착했다.

'아웃 타이밍.'

그 정확한 송구를 확인한 조 매팅리가 두 눈을 빛냈다.

아지 알비스가 3루를 노리는 대신 2루에서 멈춘 이유를 뒤늦게 알아챘기 때문이었다.

'만약 아지 알비스가 3루를 노렸다면?'

우익수 피터 알론소의 강하고 정확한 송구로 인해 아웃이 됐을 것이었다.

그것을 우려해서 아지 알비스가 2루에서 멈춘 것이었고.

'낯설다.'

잠시 후, 조 매팅리가 느낀 감정이었다.

기존의 우익수였던 피터슨 오브라이언은 어깨가 약한 편이었다. 그래서 발 빠른 아지 알비스가 때린 타구를 확인하고 당연히 3루까지 허용할 거라고 예상했다.

그런데 눈앞에 펼쳐진 결과는 달랐다.

그 이유는 피터슨 오브라이언을 대신해서 오늘 경기에 우익수로 출전한 피터 알론소 때문이었다.

수비 범위가 넓고 어깨가 강한 피터 알론소의 수비 능력에 대해서 잘 알고 있기에 아지 알비스가 2루에서 멈춘 것이었다.

"실점 확률이… 줄었다."

무사 2루와 무사 3루는 차이가 컸다.

무사 3루보다는 무사 2루일 경우 실점 확률이 훨씬 줄어들었다.

그래서 조 매팅리의 표정이 조금 밝아졌을 때였다.

슈악.

따악.

2번 타자 조쉬 도날드슨이 헥터 노에사의 초구를 공략했다.

슬라이더가 들어오길 기다리고 있다가 노려 친 조쉬 도날드슨의 타구는 배트 중심에 걸렸다.

게다가 코스도 좋았다.

투수인 헥터 노에사의 곁을 스치고 지나간 땅볼타구가 중전안타가 되면서 선취점을 허용했다고 조 매팅리가 판단한 순간이었다.

기존 유격수인 브라이언 앤더슨을 대신해서 오늘 경기에 유격수로 출전한 폴 바셋이 몸을 던지며 글러브를 쭉 내뻗었다.

툭.

그 글러브 끝에 타구가 닿았다.

최상의 상황은 조쉬 도날드슨의 타구를 한 번에 포구하는 것.

그렇지만 타구는 글러브 끝부분을 맞고 퉁겼다.

'아쉽다.'

그로 인해 조 매팅리가 아쉬움을 느꼈을 때였다.

유격수 폴 바셋은 서두르지 않았다.

천천히 몸을 일으켜 바닥에 떨어진 타구를 잡았다. 그리고 1루로 송구하는 대신, 3루 쪽으로 고개를 돌렸다. 그리고 3루에 도착한 아지 알비스의 움직임을 눈으로 묶은 후에야 양팔을 들었다.

'1루 송구를 포기했어.'

전력 질주를 펼친 타자주자 조쉬 도날드슨을 1루에서 잡아
내기에는 늦었다.

이런 판단을 빠르게 내렸기 때문에 폴 바셋은 타자주자를
잡기 위해서 무리하게 1루로 송구하지 않은 것이었다.

'좋은 판단.'

조 매팅리가 작게 고개를 끄덕였다.

만약 경험이 부족한 유격수였다면?

타자주자를 잡기 위해서 서둘러 1루 송구를 했을 것이었다.

그 과정에서 악송구를 나올 가능성도 무척 높았고, 설령
송구 방향이 정확했다고 해도 타자주자를 1루에서 잡는 것은
불가능했다.

즉, 타자주자를 아웃시키는 것이 어렵다고 판단을 빠르게
내리고 송구하지 않은 폴 바셋의 선택이 옳았던 셈이었다.

그 일련의 과정을 지켜본 후, 조 매팅리가 모자를 벗고 머
리를 긁적였다.

'기존 마이애미 말린스였다면?'

아지 알비스의 타구는 3루타가 됐을 것이고, 조쉬 도날드슨
의 타구는 중전안타가 됐을 것이었다.

이미 선취점을 허용했고, 무사 1루의 실점 위기가 이어졌어
야 할 상황.

0—0.

그렇지만 마이애미 말린스는 아직 실점을 허용하지 않았다.

무사 1, 3루의 실점 위기가 이어지고 있었지만, 아직 선취점을 허용하지 않았다는 것은 분명히 달라진 점이었다.

이어진 3번 타자 프레디 프리먼의 타석.

슈아악.

딱.

헥터 노에사의 4구째 몸쪽 직구에 프레디 프리먼이 힘껏 배트를 휘둘렀다.

그렇지만 타이밍이 밀린 탓에 타구는 멀리 뻗지 못했다.

좌익수인 박건이 원래 수비위치에서 1미터가량 전진하며 포구에 성공한 순간, 3루 주자 아지 알비스가 태그업을 시도했다.

그렇지만 아지 알비스는 이번에도 도중에 달리던 속도를 줄이며 멈춘 후 3루로 귀루했다.

'왜?'

쉬이익.

조 매팅리가 홈승부를 포기하는 아지 알비스를 확인하고 의문을 품었을 때, 좌익수로 출전한 박건의 송구가 노바운드로 포수에게 전달됐다.

강하고 정확한 박건의 홈송구를 확인한 조 매팅리가 머릿속에서 아까 품었던 의문을 지웠다.

'또… 실점을 막았다.'

기존 마이애미 말린스의 주전 좌익수였던 오스틴 딘은 어깨가 강한 편이 아니었다.

만약 조금 전 프레디 프리먼의 타구를 오스틴 딘이 포구했다면?

3루 주자였던 아지 알비스는 분명히 태그업을 시도해서 홈승부를 펼쳤을 것이었다. 그리고 홈승부 끝에 선취점을 내줬을 확률이 높았다.

그렇지만 박건의 어깨가 강하다는 사실을 알고 있던 3루 주자 아지 알비스는 태그업을 해서 홈승부를 펼치는 것을 일찌감치 포기했다.

덕분에 선취점을 허용하는 대신 아웃카운트 하나만 늘린 셈이었다.

무사 1, 3루가 1사 1, 3루로 바뀐 상황에서 타석에는 애틀랜타 브레이브스의 4번 타자 로날드 아쿠냐 주니어가 등장했다.

슈악.

따악.

절정의 타격감을 유지하고 있는 로날드 아쿠냐 주니어는 헥터 노에사의 3구째 슬라이더를 결대로 밀어 쳤다.

'결국… 소용없게 됐네.'

우중간 코스로 향하는 로날드 아쿠냐 주니어의 타구 궤적을 눈으로 쫓던 조 매팅리가 한숨을 내쉬었다.

용케 선취점을 허용하지 않고 꾸역꾸역 버텼던 것이 결국 허사가 될 거란 생각이 들어서였다.

'우중간을 가르는 주자 일소 2루타.'

로날드 아쿠냐 주니어가 때린 타구의 궤적을 확인한 조 매팅리가 확신을 품었다.

그러나 그 확신은 빗나갔다.

타다닷. 탁.

전력 질주 한 우익수 피터 알론소가 슬라이딩캐치에 성공했기 때문이었다.

0—1.

3루 주자였던 아지 알비스가 태그업을 시도해서 홈으로 파고드는 것을 막을 수는 없었다.

그렇지만 피터 알론소의 엄청난 호수비 덕분에 최소 실점으로 막아낸 셈이었다.

2사 1루로 바뀐 상황에서 헥터 노에사는 애틀랜타 브레이브스의 5번 타자 찰리 컬버슨을 헛스윙 삼진으로 돌려세우며 이닝을 마무리했다.

고작 1회 초 수비가 끝났을 뿐이었다.

그렇지만 조 매팅리는 극심한 피곤을 느꼈다.

"이거… 뭐야?"

마이애미 말린스의 선발 라인업에 큰 폭의 변화를 주었을 당시, 조 매팅리는 수비 조직력에 대한 불안함을 떨치지 못했다.

그렇지만 막상 뚜껑을 열고 나자, 조 매팅리의 예상과는 전혀 다른 전개가 펼쳐졌다.

폴 바셋과 피터 알론소의 호수비가 잇따라 나왔을 뿐만 아니라, 수비가 이전에 비해 한층 더 견고해진 느낌이었다.

'개인 역량의 차이.'

그 이유는 기존 수비수들과 새로이 마이애미 말린스로 합류한 선수들 사이에 개인 역량의 차이가 있었기 때문이었다.

박건과 피터 알론소의 강한 어깨는 주자의 움직임을 제한시켰다.

폴 바셋의 넓은 수비 범위와 침착함은 실점을 막았다.

수비 시 개인 역량 차이가 이런 변화를 만들어낸 것이었다.

'만약 여기에 수비 조직력까지 생긴다면?'

조 매팅리의 두 눈이 기대감으로 물들었을 때였다.

'뭐지?'

등 뒤에서 싸한 느낌이 전해졌다.

고개를 돌렸던 조 매팅리의 눈에 자신에게 향해 있는 오스틴 딘의 불만 섞인 표정이 들어왔다.

　　　　*　　　　　*　　　　　*

　'네가 천재임을 증명해라.'

　대기타석에 들어선 박건이 타석에 들어서 있는 브라이언 마일스를 내심 응원했다.

　첫 단추를 잘 꿰는 것의 중요성.

　박건에게만 해당되는 것이 아니었다.

　함께 마이애미 말린스로 이적한 브라이언 마일스와 폴 바셋, 피터 알론소가 첫 단추를 잘 꿰는 것도 중요하기는 마찬가지였다.

　'폴 바셋과 피터 알론소는 이미 강한 인상을 남겼어.'

　1회 초 수비 과정에서 폴 바셋과 피터 알론소는 인상적인 호수비들을 잇따라 펼쳤다.

　폴 바셋과 피터 알론소는 수비에 강점이 있는 선수들.

　자신들이 갖고 있는 강점을 이미 어필한 셈이었다. 그리고 이제 브라이언 마일스와 자신이 강한 인상을 남겨야 할 차례였다.

　슈아아.

　"스트라이크."

　슈악.

부웅.

"스트라이크."

노볼 2스트라이크의 불리한 볼카운트에 몰린 브라이언 마일스의 출발은 불안했다. 그래서 박건이 우려 섞인 시선을 던졌지만, 브라이언 마일스는 침착했다.

슈악.

"볼."

슈악.

"볼."

두 개의 유인구를 잘 참아내며 2볼 2스트라이크로 볼카운트를 끌고 갔다.

'이번 공이 승부.'

박건이 브라이언 마일스에게서 시선을 떼지 못하고 있을 때였다.

"또 오지랖 부린다."

이용운이 타박했다.

그 타박을 들은 박건이 억울한 표정을 지었다.

"중요하다면서요."

"뭐가?"

"믿고 의지할 수 있는 팀원을 만드는 것이요."

이용운은 2 대 4 트레이드를 계획했던 이유 중 하나가 박건이 믿고 의지할 수 있는 팀원들을 만들어주기 위함이라고 밝혔었다. 그리고 그 목표를 이루기 위해서는 자신과 함께 마이애미 말린스로 이적한 세 선수들이 모두 주전 자리를 꿰차야 했다.

이것이 박건이 세 선수들에게 계속 신경을 쓰는 이유.

그렇지만 이용운의 의견은 달랐다.

"중요한 건 후배다."

"하지만……."

"자세한 이야기는 나중에 해줄 테니까 일단은 후배 걱정부터 하자."

박건이 마지못한 표정으로 고개를 끄덕였을 때였다.

"힘이 들어갔다."

이용운이 불쑥 말했다.

"제가요?"

"그래. 어깨에 힘이 잔뜩 들어가 있다."

'그런가?'

박건이 부지불식간에 몸에 힘이 들어가 있다는 사실을 뒤늦게 알아챘다.

'긴장해서야.'

뉴욕 메츠에서의 데뷔전을 치를 때와는 달라야 한다.

이번에는 첫 단추를 잘 꿰야 한다.

이런 생각이 워낙 강했기에 의욕이 과했다. 그러다 보니 부지불식간에 몸에 힘이 들어갔던 것이었다.

'모를 뻔했네.'

타석에서 좋은 타격을 하기 위한 필수 요소 중 하나가 몸에서 힘을 빼는 것이었다.

만약 이용운의 조언이 아니었다면 몸에 잔뜩 힘이 들어간 상태로 타석에 들어섰던 박건은 좋은 타구를 만들어내지 못했으리라.

이용운 덕분에 몸에 힘이 들어갔다는 사실을 뒤늦게 알게 된 박건이 안도했을 때였다.

슈악.

"볼."

브라이언 마일스를 상대하던 데릭 롱고베리가 5구째로 체인지업을 구사했다.

회심의 유인구.

그렇지만 브라이언 마일스가 잘 참아내면서 풀카운트로 바뀌었다.

'잘 참았다.'

데릭 롱고베리의 체인지업을 참아낸 브라이언 마일스의 선구안에 박건이 내심 감탄하고 있을 때, 이용운이 질문했다.

"어떻게 승부할 거야?"

"하던 대로 할 생각입니다."

박건이 솔직히 대답했다.

뉴욕 메츠 소속 선수였다가 지금은 마이애미 말린스 소속 선수가 됐지만, 사람이 갑자기 발전할 수도 기량이 급상승할 수도 없었다.

그래서 박건은 지금까지 타석에서 해왔던 대로 할 생각이었다.

"선배님이 구종 예측을 해주시면 일단 그 구종을 배제하고……."

"구종 예측은 없다."

"네?"

"이제 구종 예측은 하지 않겠다고."

이용운이 돌발 선언을 했다.

갑작스러운 선언으로 인해 박건이 당황했다.

"왜 구종 예측을 안 하신다는 겁니까?"

"안 맞아서."

"하지만… 도움이 됩니다. 그러니까……."

"아까 후배 말이 정답이다."

"……?"

"그냥 하던 대로 해라."

"그걸 위해서 선배님의 구종 예측이 필요한데……."

"내가 보기에 후배의 타격이 가장 완벽했던 경기는 뉴욕 메츠 소속 선수로 마지막으로 출전했던 경기였다."

'워싱턴 내셔널스와의 3연전 마지막 경기.'

박건이 이내 그 경기를 떠올렸다.

제9장

　5타수 3안타, 5타점.

　박건은 그 경기에서 다섯 차례 타석에 들어서서 석 점 홈런 포함 3안타를 때렸고, 혼자서 5타점을 올렸었다.

　이용운은 그날 박건이 타석에서 보여줬던 타격이 메이저리그 진출 후 가장 완벽했다고 표현했다.

　그리고 그날, 이용운은 구종 예측을 하지 않았었다.

　아니, 좀 더 정확히 표현하면 이용운이 구종 예측을 할 기회조차 주지 않았었다.

　그 이유는 다섯 차례 타석에 들어섰던 박건이 모두 2구 이

내에 타격했기 때문이었다.

'볼카운트가 불리해지기 전에 빨리 승부하자.'
'수 싸움은 대충 하자.'

그 경기에서 박건이 타석에 임하기 전에 세웠던 플랜이었
다.

그 플랜대로 실행에 옮겨서 타석에서 좋은 결과를 얻었던
것이었다.

'둘 중 어느 쪽이 좋았다는 거지?'

박건의 생각이 거기까지 미쳤을 때였다.

"팀이 연승을 달리고 있을 때 감독들은 선발 라인업이나 타
순을 변경하지 않는다. 그 이유는 좋았던 것을 굳이 바꿀 필
요가 없기 때문이다. 그리고 후배도 마찬가지다."

"그럼……?"

"그래서 아까 하던 대로 하라고 충고했던 것이다."

이용운의 충고를 들었음에도 박건은 불안한 기색을 완전히
지우지 못했다.

그동안 타석에 섰을 때 가장 중요하게 여겼던 것이 수 싸움
이었기 때문이었다.

그러다 보니 수 싸움을 하는 것에 익숙해졌고.

물론 워싱턴 내셔널스와의 3연전 마지막 경기에서 박건은 수 싸움에 집착하지 않았다.

직구와 브레이킹볼.

이렇게 대충 수 싸움을 하고 타석에 임했었다. 그렇지만 당시 수 싸움을 대충 했던 것은 일종의 임기응변이었다.

이용운은 물론이고 박건의 수 싸움 역시 적중률이 워낙 떨어졌기에 사용했던 임기응변.

그런데 이용운은 그 임기응변을 계속 사용하라고 지시한 셈이었다.

'왜?'

박건이 그 이유에 대해 의문을 품었을 때였다.

슈악.

"볼넷."

브라이언 마일즈는 풀카운트에서 데릭 롱고베리가 구사한 6구째 커브를 참아내며 볼넷을 얻어냈다.

'진짜 잘 참았네.'

그 승부를 지켜보던 박건이 감탄했다.

브라이언 마일스 입장에서는 마이애미 말린스로 이적 후 첫 타석이었다.

당연히 안타를 때려내서 조 매팅리 감독에게 강렬한 인상을 심어주고 싶다는 욕심이 생겼을 것이었다.

그러나 브라이언 마일스는 그 욕심을 누르고 볼넷을 얻어내 출루에 성공했다.

'아닌가?'

잠시 후, 박건의 생각이 바뀌었다.

볼넷을 얻어낸 후 1루 베이스에 도착한 브라이언 마일스는 환하게 웃고 있었다.

방금 자신의 플레이에 120% 만족한 표정이었다.

'원하는 것을 읽었어.'

박건은 브라이언 마일스가 안타를 때려내지 못하고 볼넷을 얻어냈음에도 만족한 기색을 드러낸 이유를 짐작할 수 있었다.

마이애미 말린스의 잭 대니얼스 단장이 뉴욕 메츠와 2 대 4 트레이드에 합의하면서 브라이언 마일스를 영입한 이유.

기존에 리드오프 임무를 맡았던 피터슨 오브라이언의 저조한 출루율에 만족하지 못했기 때문이었다.

그래서 브라이언 마일스는 이적 후 첫 타석에서 볼넷을 얻어내서 출루한 것에 만족하고 있는 것이었다.

'브라이언 마일스가 옳아.'

박건이 고개를 끄덕였다.

잭 대니얼스 단장이 박건을 영입한 후 첫 경기에 2번 타순에 포진시킨 것에는 어떤 이유가 있을 것이었다.

그리고 그 이유는…….

'테이블세터진의 출루율 상승을 원하고 있어.'

출루율이 낮은 것은 기존에 리드오프 임무를 맡았던 피터슨 오브라이언만이 아니었다.

기존 2번 타자인 마틴 프로도 역시 출루율이 낮았던 것은 마찬가지였다.

잭 대니얼스 단장이 원하는 것은 테이블세터진의 출루율을 높이며 득점 기회를 창출해 내서 중심타선으로 찬스가 이어지게 만드는 것이었다.

그것이 박건을 2번 타순에 포진시킨 이유였고.

'너무 먼 곳을 보지 말자.'

조 매팅리 감독, 잭 대니얼스 단장, 그리고 마이애미 말린스 홈 팬들까지.

박건은 최대한 빨리 그들의 마음을 사로잡고 싶었다.

그런 욕심들이 과해서 몸에 힘이 들어가는 문제가 발생했던 것이었고.

'일단은… 잭 대니얼스 단장의 마음을 잡자.'

이렇게 결심한 박건이 마운드에 서 있는 데릭 롱고베리를 살폈다.

'초구는… 직구가 아닐까?'

데릭 롱고베리는 1회 말 공격의 첫 타자인 브라이언 마일스에게 볼넷을 허용했다.

박건을 상대로 유리한 볼카운트를 선점하고 싶어 할 터.

초구에 스트라이크를 던질 확률이 높았다.

그리고 1루 주자인 브라이언 마일스는 도루 능력을 갖추고 있었다.

그래서 바깥쪽 직구를 던질 거라고 수 싸움을 하던 박건이 이내 고개를 흔들었다.

'수 싸움은 대충 하기로 했잖아. 브레이킹볼은… 버린다.'

직구에 포커스를 맞춘 박건이 타격자세를 취했을 때, 데릭 롱고베리가 셋포지션 투구를 했다.

슈아악.

'직구.'

내심 기다리고 있던 바깥쪽 직구가 들어온 순간, 박건이 욕심내지 않고 가볍게 배트를 휘둘렀다.

따악.

배트 중심에 걸린 타구는 1, 2루 간을 꿰뚫으며 외야로 빠져나갔다.

타다닷.

박건이 우전안타를 때려낸 순간, 1루 주자 브라이언 마일스는 빠른 발을 뽐내며 3루까지 내달렸다.

무사 1, 3루.

마이애미 말린스가 1회 말 공격에서 동점을 만들 수 있는 득점 기회를 창출하는 데 성공한 박건이 만족스러운 표정을 지었을 때였다.

"스윙이 너무 작았다."

이용운이 못마땅한 목소리로 말했다.

"배트에 정확하게 맞히는 데 포커스를 맞췄습니다."

박건의 대답을 들은 이용운이 다시 물었다.

"왜?"

"첫술에 배부를 순 없으니까요."

"하지만……."

"그리고… 어차피 2루로 갈 겁니다."

"응?"

"그럼 장타를 때린 것과 마찬가지 아닙니까?"

박건이 씨익 웃으며 3루 주자인 브라이언 마일스를 향해 오른팔을 들었다.

마이애미 말린스를 이끌고 있는 조 매팅리 감독과는 제대로 대화를 할 시간적 여유가 없었다.

당연히 어떤 전술적인 지시도 없었다.

그래서 박건이 노리는 것은 단독 도루였다.

3루 주자가 발이 빠르고 베이스러닝에 능한 브라이언 마일스라는 사실을 적극적으로 활용하는 단독 도루.

이미 여러 차례 호흡을 맞춘 적이 있는 브라이언 마일스는 박건이 오른손을 높이 들어 올린 것을 놓치지 않았다. 그리고 박건이 오른손을 펼치고 있다가 주먹을 쥔 순간, 베이스와의 간격을 조금 더 벌렸다.

슈악.

데릭 롱고베리가 타석에 들어선 3번 타자 브라이언 할리데이를 상대로 던진 초구는 커브였다.

타다닷.

그 순간, 박건이 과감하게 스타트를 끊었다.

포수인 앤디 인시아테가 박건의 도루 시도를 확인하고 벌떡 일어나며 송구를 하려다가 멈칫했다.

3루 주자 브라이언 마일스가 홈으로 파고드는 것을 의식했기 때문이었다.

쉬익.

잠시 머뭇거렸던 앤디 인시아테가 눈으로 3루 주자인 브라이언 마일스를 묶고 2루로 송구했다.

"세이프."

그러나 늦었다.

브라이언 마일스를 의식한 포수 앤디 인시아테의 찰나의 머뭇거림이 2루 송구를 늦췄고, 박건은 여유 있게 2루 도루에 성공했다.

무사 1, 3루에서 무사 2, 3루로.

상황이 또 한 번 바뀌면서 이제 병살플레이가 나올 확률은 거의 사라졌다. 그리고 박건의 도루 시도는 결과적으로 옳은 선택이었다.

슈악.

딱.

3번 타자 브라이언 할러데이가 때린 타구는 2루수 앞으로 굴러가는 땅볼타구.

빗맞은 탓에 땅볼타구의 속도가 느렸지만, 만약 박건이 1루에 머물렀다면 병살플레이가 됐을 확률이 높았기 때문이었다.

1—1.

2루수가 타구를 잡아서 1루로 송구하는 사이, 3루 주자인 브라이언 마일스가 홈으로 들어오며 마이애미 말린스는 동점을 만들었다. 그리고 2루 주자였던 박건이 3루에 안착하면서 1사 3루의 득점 찬스가 이어졌다.

따악.

타석에 들어선 4번 타자 이안 카스트로가 우익수 방면으로 깊숙한 외야플라이를 쳐낸 사이 박건이 태그업을 시도해 여유 있게 홈으로 파고들었다.

2—1.

추가득점을 올리고 더그아웃으로 돌아가던 박건이 조 매팅리 감독을 힐끗 살폈다.

이른 시점에 역전을 만들어낸 것이 마음에 든 걸까.

조 매팅리 감독이 입가에는 희미한 미소가 떠올라 있었다.

*   *   *

2회 말 마이애미 말린스의 공격.

선두타자는 7번 타자 폴 바셋이었다.

데릭 롱고베리와 폴 바셋의 승부는 풀카운트까지 이어졌다. 그리고 6구째로 데릭 롱고베리가 선택한 구종은 슬라이더였다.

스트라이크존을 통과할 듯하다가 바깥쪽으로 휘어져 나가는 슬라이더에 폴 바셋의 배트가 딸려 나갔다.

'당했군.'

조 매팅리가 살짝 실망한 기색을 드러낸 순간이었다.

폴 바셋이 스윙 도중에 배트를 멈추었다.

"볼넷."

주심이 볼넷을 선언한 순간, 포수인 앤디 인시아테가 주심에게 강하게 항의했다. 그러나 1루심도 배트가 돌지 않았다고 선언하며 주심의 판정은 번복되지 않았다.

무사 1루.

폴 바셋이 볼넷을 얻어내며 출루한 순간, 조 매팅리가 자리에서 일어섰다.

'쉬어 가는 타임.'

2회 말 마이애미 말린스의 공격을 앞두고 조 매팅리는 이렇게 판단했다.

'식물 타선'이란 비아냥을 들었을 정도로 기존 마이애미 말린스 하위타선의 활약이 미비했기 때문이었다.

물론 오늘 경기에서는 하위타순에 새로운 선수들이 포진했다.

폴 바셋이 7번 타순, 피터 알론소가 8번 타순에 이름을 올렸으니까.

그렇지만 조 매팅리는 큰 기대를 하지 않았다.

'공격력보다는 수비력.'

잭 대니얼스 단장이 두 선수를 영입한 이유가 마이애미 말린스의 수비 안정을 꾀하기 위함이었기 때문이었다.

그런데 타석에서는 큰 기대를 하지 않았던 폴 바셋이 끈질긴 승부 끝에 볼넷을 얻어서 출루했다. 그리고 8번 타자 피터 알론소도 쉽게 물러나지 않았다.

노볼 2스트라이크의 불리한 볼카운트에 몰렸지만, 끈질기게 커트를 해내며 데릭 롱고베리를 괴롭혔다.

슈악.

데릭 롱고베리의 6구째 공은 낙차 큰 커브.

그러나 피터 알론소는 유인구를 골라냈다.

2볼 2스트라이크로 볼카운트가 바뀌자, 데릭 롱고베리의 표정이 살짝 굳어졌다.

이미 폴 바셋을 볼넷으로 출루시킨 상황.

다시 풀카운트 승부로 끌고 가는 것이 부담스러운 것이리라.

슈아악.

그래서일까.

데릭 롱고베리는 7구째로 바깥쪽 직구를 던졌다.

그 순간, 피터 알론소가 힘들이지 않고 가볍게 밀어 쳤다.

따악.

배트 끝부분에 걸린 타구는 2루수의 키를 살짝 넘기는 우전안타가 됐다.

무사 1, 2루.

다시 득점 찬스가 찾아온 순간, 조 매팅리가 팔짱을 풀고 희생번트 작전을 지시했다.

슈아악.

틱. 데구르르.

9번 타자로 출전한 투수 헥터 노에사는 침착하게 번트를 댔다.

주자들이 한 루씩 진루하면서 1사 2, 3루로 상황이 바뀌고 브라이언 마일스가 타석에 들어선 순간, 조 매팅리가 고민에 잠겼다.

'스퀴즈?'

추가점이 필요한 상황이었다. 그래서 브라이언 마일스에게 스퀴즈 작전을 지시하고 싶다는 욕심이 들었다.

그러나 조 매팅리는 선뜻 스퀴즈 작전을 지시하지 못하고 망설였다.

그 이유는 타석에 서 있는 브라이언 마일스와 3루 주자인 폴 바셋에 대해서 잘 알지 못했기 때문이었다.

'브라이언 마일스는 번트에 능숙한가? 폴 바셋의 주루 능력은 어느 정도인가?'

이런 정보들이 부족했다.

그래서 조 매팅리가 결국 스퀴즈 작전 지시를 내리는 것을 포기하고 다시 팔짱을 꼈을 때였다.

슈악.

데릭 롱고베리가 초구를 던졌다.

그 순간, 브라이언 마일스가 마치 조 매팅리가 스퀴즈 작전 지시를 내린 것처럼 번트 자세를 취했다.

틱. 데구르르.

'너무 강해.'

브라이언 마일스가 댄 번트 타구는 3루 측 라인 선상을 타고 빠르게 굴러갔다.

코스는 좋았지만, 번트 타구의 속도가 너무 빨랐다.

타다닷.

브라이언 마일스가 번트를 댈 것은 예상치 못했기 때문일까.

정상 수비를 펼치고 있던 애틀랜타 브레이브스의 3루수가 당황한 기색으로 번트 타구를 처리하기 위해서 앞으로 대시했다.

그 일련의 과정을 지켜보던 조 매팅리의 눈동자가 일순 흔들렸다.

"왜… 안 뛰는 거야?"

브라이언 마일스가 번트를 댄 순간 3루 주자인 폴 바셋이 바로 스타트를 끊고 홈승부를 펼칠 거라고 당연히 예상했다.

그렇지만 조 매팅리의 계산은 빗나갔다.

홈으로 파고들 것처럼 스타트를 끊었던 폴 바셋은 홈으로 파고드는 대신, 오히려 달리던 속도를 늦췄다. 그리고 돌연 몸을 돌려 3루로 귀루했다.

"어… 어……."

그런 폴 바셋의 예상을 빗나간 주루플레이로 인해 조 매팅리가 당황했다. 그리고 당황한 것은 조 매팅리만이 아니었다.

브라이언 마일스의 번트 타구를 처리하기 위해서 빠르게 대시했던 애틀랜타 브레이브스의 3루수도 당황한 기색이 역력했다.

3루 주자 폴 바셋이 홈승부를 펼칠 것이라 예상한 애틀랜타 브레이브스의 3루수는 글러브에서 공을 손으로 빼내는 대신 글러브를 벌려서 포수에게 토스 송구를 했다.

그러나 홈승부는 이뤄지지 않았다.

폴 바셋이 홈승부를 선택하지 않고 귀루해 버렸기 때문이었다.

그 사실을 뒤늦게 깨달은 3루수가 황당한 표정을 지었다. 그리고 조 매팅리 역시 고개를 갸웃했다.

"이건… 무슨 상황이지?"

브라이언 마일스가 번트를 댔을 때, 당연히 스퀴즈라고 판단했다. 그러나 3루 주자였던 폴 바셋이 홈승부를 펼치지 않고 귀루해 버린 탓에 아예 홈승부가 이뤄지지 않았다.

그사이 타자주자인 브라이언 마일스는 1루에 도착해 있었다.

그리고 브라이언 마일스는 전혀 실망한 기색이 아니었다.

무척 만족한 표정을 짓고 있는 것을 확인한 조 매팅리가 머리를 긁적였다.

'스퀴즈가 아니라… 기습번트였었나?'

당연히 스퀴즈일 것이라 판단했는데.

그게 아니라 기습번트였다.

브라이언 마일스가 출루에 성공한 후 만족한 기색인 것이 스퀴즈가 아니라 기습번트라는 증거였다.

"절반의 성공."

잠시 후 조 매팅리가 혼잣말을 꺼냈다.

비록 추가득점을 올리지는 못했지만, 브라이언 마일스까지 출루에 성공하며 1사 만루로 상황이 바뀌었기 때문이었다.

'다음 타자는… 박건.'

조 매팅리의 두 눈이 기대로 물들었다.

'신중하게 승부해.'

타석으로 들어서고 있는 박건에게 조 매팅리가 마음속으로 당부했다.

오늘 경기 애틀랜타 브레이브스의 선발투수로 출전한 데릭 롱고베리는 평소보다 제구가 좋지 않았다.

브라이언 마일스와 폴 바셋에게 볼넷을 허용한 것이 그 증거였다.

그리고 지금은 루상에 주자가 꽉 들어차 있는 상황.

카운트가 불리하게 몰리면 데릭 롱고베리의 제구는 더욱 흔들릴 가능성이 높다고 조 매팅리가 판단한 것이었다.

슈악.

그때, 데릭 롱고베리가 초구를 던졌다.

'슬라이더, 빠졌다.'

데릭 롱고베리가 투구하는 모습을 지켜보던 조 매팅리 두 눈을 빛냈다.

바깥쪽 슬라이더가 스트라이크존을 벗어났다는 했기 때문이었다. 그러나 조 매팅리는 이내 눈살을

박건이 배트를 휘둘렀기 때문이었다.

'참았어야지.'

조 매팅리가 아쉬움을 느꼈다.

스트라이크존을 벗어난 슬라이더를 공략해 구가 나오지 않을 확률이 높았기 때문이었다.

따악.

그런데 의외로 타격음이 경쾌했다. 그리고 1루 긴 타구의 속도도 조 매팅리의 예상보다 빨랐다.

'왜?'

그로 인해 잠시 의문을 느꼈지만, 조 매팅리 의문은 금세 지워졌다.

대신 주자들의 움직임을 주시했다.

타닷.

타다닷.

3루 주자는 물론이고, 2루 주자도 여유 있게 홈으로 들어올 수 있는 타구.

조 매팅리가 주시한 것은 1루 주자 브라이언 마일스였다.

경쾌한 타격음이 울려 퍼지기 무섭게 브라이언 마일스는 빠르게 타구 판단을 내리고 스타트를 끊었다.

힐끗.

3루 베이스 근처에 다다랐을 때, 브라이언 마일스가 고개를 돌려 수비 상황을 체크했다. 그리고 우익수가 펜스 앞에서 타구를 포구해서 송구 동작에 돌입하는 것을 확인한 브라이언 마일스는 3루에서 멈추는 대신 달리던 속도를 더욱 끌어 올렸다.

'빨라.'

브라이언 마일스의 발이 빠르다는 사실.

조 매팅리도 알고 있었다.

그렇지만 직접 확인한 브라이언 마일스의 주력은 조 매팅리의 예상을 뛰어넘었다.

강팀답게 애틀랜타 브레이브스 수비진의 중계플레이는 흠잡을 곳이 없을 정도로 깔끔하고 정확했다.

그렇지만 브라이언 마일스가 홈으로 파고드는 것을 막기에는 역부족이었다.

"세이프."

헤드퍼스트슬라이딩을 감행한 브라이언 마일스의 손이 홈 베이스에 닿은 것.

포수의 태그보다 한참 빨랐다.

그 모습을 확인한 후 조 매팅리가 2루 방면으로 고개를 돌렸다.

'없다?'

하지만 박건의 모습이 보이지 않는다는 사실을 뒤늦게 깨달은 조 매팅리가 3루 방면으로 고개를 돌렸다. 그리고 박건이 3루 베이스 위에 서 있는 것을 확인한 조 매팅리가 놀란 표정을 지었다.

'언제?'

2루에서 멈췄을 거라 예상했던 박건은 3루에 도착해 있었다.

홈승부가 펼쳐지는 사이, 기회를 놓치지 않고 3루로 내달린 것이었다.

5—1.

박건의 주자 일소 3루타가 터지면서 마이애미 말린스는 넉 점 차의 리드를 잡았다. 그리고 아직 끝이 아니었다.

3번 타자 브라이언 할리데이의 외야플라이 때, 3루 주자 박건이 태그업을 성공시키면서 추가점을 올리는 데 성공했다

6—1.

일찌감치 다섯 점의 리드를 얻은 순간, 조 매팅리의 표정에 여유가 생겼다.

"이게 얼마만이지."

경기 초반에 큰 점수 차로 앞서고 있는 것.

대체 언제가 마지막이었는지 기억해 내는 것조차 힘들 정도로 오래전이었다.

추가득점을 올리고 더그아웃으로 걸어 돌아오는 박건을 바라보던 조 매팅리의 눈빛이 깊어졌다.

'이적생 효과.'

오늘 경기에서 두 차례 타석에 들어선 박건은 모두 안타를 때려냈다. 그리고 박건이 주자 일소 3루타를 때려냈을 때, 루상에 들어서 있던 주자들은 공교롭게도 폴 바셋과 피터 알론소, 브라이언 마일스였다.

트레이드를 통해 새로이 마이애미 말린스로 이적한 네 선수가 북 치고 장구까지 친 셈이었다.

'성공적인 트레이드.'

그래서 성공적인 트레이드라고 판단했던 조 매팅리가 이내고개를 흔들었다.

"아직 한 경기도 안 치렀어."

너무 성급한 결론이란 생각이 들었기 때문이었다.

"일단 좀 더 지켜보자."

큰 점수 차 덕분에 조금 여유를 되찾은 조 매팅리가 감독
석에 앉았다.

*　　　　*　　　　*

최종 스코어 8—3.

경기 초반에 대량 득점을 올리는 데 성공한 마이애미 말린
스는 강팀 애틀랜타 브레이브스를 상대로 승리를 거뒀다.

트레이드가 워낙 급박하게 이뤄져서일까.

아직 숙소조차 마련되지 않은 상태였다.

그래서 구단에서 숙소를 마련해 줄 때까지 박건은 호텔 생
활을 하게 됐다.

"얼떨떨하네요."

마이애미 말린스로 이적하자마자 바로 경기에 투입될 것이
라고는 예상치 못했다. 그래서 첫 경기를 치르고 호텔 침대에
몸을 던진 지금까지도 박건은 제대로 실감이 나지 않았다.

6타석 4타수 3안타, 2볼넷.

'나쁘지 않은 스타트야.'

침대에 누운 채 오늘 경기를 곱씹어보던 박건이 벌떡 몸을
일으키며 입을 뗐다.

"깜박했네요."

"뭘 깜박해?"

"브라이언 마일스가 번트를 댔을 때, 왜 홈으로 파고들지 않았는지 폴 바셋한테 물어보려고 했거든요."

오늘 경기 마이애미 말린스의 2회 말 공격.

1사 2, 3루 상황에서 타석에 들어섰던 브라이언 마일스는 번트를 댔다.

스퀴즈 작전이 걸렸던 거라 예상했는데, 3루 주자였던 폴 바셋은 홈으로 파고들지 않았다.

홈으로 파고들다 도중에 멈추고 3루로 귀루해 버렸다.

박건은 그런 폴 바셋의 주루플레이에 의문을 품었고, 왜 그런 주루플레이를 펼쳤는지 물어볼 계획이었다.

그런데 워낙 경황이 없었던 터라 깜박해 버린 것이었다.

"스퀴즈 작전이 걸린 게 아니니까."

그때, 이용운에게서 대답이 돌아왔다.

"네?"

"조 매팅리 감독이 작전을 걸 수 있는 상황이 아니었다. 아는 게 별로 없었으니까."

"뭘 아는 게 없다는 겁니까?"

"타석에 들어섰던 브라이언 마일스에 대해 아는 게 없었단 뜻이다."

"아!"

박건이 말뜻을 이해했다.

브라이언 마일스가 마이애미 말린스 소속 선수가 된 지는 얼마 되지 않았다.

그리고 팀 훈련조차도 제대로 소화하지 못하고 바로 실전 경기에 투입된 상황.

당연히 조 매팅리 감독은 브라이언 마일스에 대한 파악이 덜된 상태였다.

그래서 작전을 지시할 수 없었다는 뜻이었다.

"브라이언 마일스만이 아니지. 3루 주자인 폴 바셋과 2루 주자인 피터 알론소에 대한 파악도 안 된 상태였지."

"듣고 보니 그렇네요. 그럼……?"

"스퀴즈가 아니라 기습번트였다."

"기습번트요?"

"단순한 놈이다."

"누가요?"

"브라이언 마일스 말이다."

"……?"

"내가 그동안 지켜본 브라이언 마일스는 단순한 성격이다. 그래서 타석에 들어섰을 때 딱 한 가지 생각만 하고 있었을 것이다."

"어떤 생각이요?"

"출루해야 한다는 생각."

"그럼 출루를 하기 위해서 기습번트를 댔다는 말씀이시군요."

"그래."

박건이 고개를 끄덕여 수긍했다.

직접 만나서 대화를 해봤던 브라이언 마일스는 단순한 편이었다.

마이애미 말린스로 이적 후 출전한 첫 경기에서 리드오프 임무를 부여받은 브라이언 마일스는 최대한 출루를 많이 하겠다는 생각 하나만 머릿속에 갖고 타석에 들어섰을 것이었다. 그리고 출루할 수 있는 확률 높은 방법을 찾던 브라이언 마일스가 선택한 것이 기습번트였을 것이었다.

주자가 3루에 있는 상황.

스퀴즈 작전이라고 판단한 3루수는 타자주자인 브라이언 마일스보다 3루 주자 폴 바셋과의 홈승부에 더 신경을 기울일 테니까.

"결과적으로는… 작전 성공이네요."

박건이 희미한 웃음을 지은 채 평가를 내렸다.

브라이언 마일스가 번트를 댔을 때, 애틀랜타 브레이브스 3루수는 당연히 스퀴즈 작전이 걸린 것이라 판단해서 1루가 아닌 홈승부를 선택했으니까.

덕분에 브라이언 마일스는 출루에 성공했으니 그의 작전이 보기 좋게 먹혀든 셈이었다.

　　"소가 뒷걸음질 치다가 쥐 잡은 격이지. 후배 말처럼 브라이언 마일스의 계획이 먹혀들긴 했지만, 무척 위험한 계획이었다. 자칫 잘못했으면 3루 주자가 홈승부를 펼치다가 비명횡사할 뻔했으니까."

　　이용운의 지적대로였다.

　　당시 브라이언 마일스의 번트 타구는 강했다. 그리고 애틀랜타 브레이브스 3루수가 펼친 수비는 깔끔했다.

　　'아웃 타이밍이었어.'

　　만약 3루 주자였던 폴 바셋이 홈으로 파고들었다면?

　　홈승부 끝에 아웃 판정을 받았을 확률이 높았다.

　　"그럼 폴 바셋이 영리한 주루플레이를 펼쳤던 셈이네요."

　　"경험이 풍부하니까. 그 풍부한 경험이 폴 바셋의 또 다른 장점이지."

　　지금껏 알지 못했던 폴 바셋의 새로운 장점을 깨닫게 된 박건이 수긍했을 때 이용운이 덧붙였다.

　　"지금은 허니문 기간이다."

*　　　　　*　　　　　*

허니문(honeymoon).

꿀같이 달콤한 달이라는 뜻으로 결혼 직후의 즐겁고 달콤한 시기를 비유적으로 일컫는 말이었다.

그리고 이용운이 허니문이란 단어를 입 밖으로 꺼내자, 박건은 당황한 기색이 역력했다.

"결혼 안 하셨잖습니까?"

"그래서? 결혼 안 했으면 허니문이란 표현도 쓰면 안 돼?"

"그건 아니지만……."

"허니문은 짧다. 해설위원으로 활동하던 당시 내가 자주 사용하던 표현이다."

이용운이 해설위원으로 활동하던 당시의 기억을 떠올렸다.

트레이드가 이뤄지거나 감독 교체 등의 굵직한 사건이 발생하면 일시적으로 팀의 성적이 상승하는 경우가 존재했다.

경기에 임하는 선수들의 집중력이 상승하기 때문에 팀 성적도 덩달아 상승하는 것이었다.

그래서 팀의 성적이 부진할 때 이런 극약 처방을 동원하는 것이었다.

이렇게 팀 성적이 상승할 경우, 이용운은 허니문이란 표현을 즐겨 사용했다.

신혼처럼 달콤하기 때문에 사용했던 비유.

그러나 극약 처방의 효과는 대체로 오래 지속되지 않았다.

경기를 계속 치르다 보면 선수들의 집중력이 떨어지기 마련이었기 때문이었다. 그래서 조금 전에 '허니문은 짧다.'라는 표현을 사용했던 것이었고.

　그리고 박건은 영리했다.

　이용운이 꺼낸 말을 듣자마자 우려 섞인 표정을 지은 채 물었다.

　"마이애미 말린스의 상승세가 오래가지 않을 거란 뜻입니까?"

　"아마도."

　"하지만……."

　"왜 허니문이 짧은지 이유를 알아?"

　"그건……."

　"결혼을 안 해봤으니 모르겠지."

　이용운이 바로 대답하지 못하고 머뭇거리는 박건에게 지적하자, 바로 발끈하는 반응이 돌아왔다.

　"마찬가지 아닙니까?"

　"엄연히 다르지."

　"뭐가 다릅니까?"

　"모솔과 연애 경험자는 엄연히 다른 법이다."

　"쩝."

　반박할 말을 찾지 못한 박건이 입맛을 다셨다.

그런 박건의 반응을 확인한 이용운이 희미한 미소를 입가에 머금었다.

'반응이 유독 격렬하네.'

연애나 결혼에 관한 대화를 나눌 때마다 박건은 유독 발끈하는 경향이 있었다.

'나름 콤플렉스인가 보군.'

이십 대 후반임에도 불구하고 연애 경험이 한 번도 없다는 것이 박건의 입장에서는 콤플렉스인 것 같았다.

'떠나기 전에 짝도 찾아줘야겠군.'

자신의 신세가 처량하게 느껴지는 걸까.

연신 한숨을 내쉬고 있는 박건을 바라보던 이용운이 속으로 생각했다.

계약 관계.

처음 박건과 영혼의 파트너가 됐을 때는 이렇게 판단했다.

서로가 필요한 것을 주고받을 수 있다고 여겼으니까.

그러나 지금은 생각이 또 바뀌었다.

함께한 시간이 길어지다 보니, 박건이 마치 자식처럼 느껴졌다.

해서 뭐든 하나라도 더 챙겨 주고 싶었고.

'지금 중요한 건 그게 아니지.'

고개를 흔들어 상념을 떨친 이용운이 다시 입을 뗐다.

"허니문이 짧은 이유는 서로 다르기 때문이다. 결혼 초에는 사랑 하나만 갖고도 충분히 행복하지. 그러나 괜히 '결혼 생활'이란 표현이 있는 게 아니다. 말 그대로 결혼은 생활이다. 결혼해서 함께 생활하다 보면 전혀 다른 환경에서 살아온 사람의 단점이 보이기 시작하지. 그 단점이 부각될 경우 사랑은 서서히 식고 서로에 대한 불만이 차곡차곡 쌓이면서 허니문은 금세 끝나지."

"그럴 수도 있겠네요."

"마이애미 말린스도 마찬가지다. 아니, 마이애미 말린스까지 갈 것도 없다. 폴 바셋과 피터 알론소, 그리고 브라이언 말린스와 한솥밥을 먹었던 후배도 그들에 대해서 잘 알지 못했지 않느냐?"

"그랬죠."

"그렇게 시간이 쌓이다 보면 불화가 생기고 문제가 발생하기 마련이다. 그때는 허니문이 끝나지."

"네."

"그런데 말이다."

"말씀하시죠."

"허니문 기간이 꼭 정해져 있는 건 아니다. 아까 '허니문은 짧다'라고 말했지만, 정확한 기간까지는 정해져 있지 않다. 깨가 쏟아지는 신혼 생활을 꽤 오랫동안 이어가는 케이스도 간혹이긴 하지만 분명히 존재하거든. 그럼 허니문 기간이 다른 부부들보다 더 오랫동안 이어지는 건 어떤 경우일까?"

"음… 어마어마하게 사랑해서 결혼한 남녀가 아닐까요?"

자신이 없기 때문일까.

박건이 머뭇거리며 꺼낸 대답을 들은 이용운이 고개를 흔들었다.

"사랑에는 유통기한이 있다."

"하지만……."

"됐다."

"뭐가 됐단 말입니까?"

"모솔인 후배가 정답을 맞히길 기대한 내가 잘못이지. 그냥 내가 답을 알려주마. 정답은… 방향이다."

"방향… 이요?"

"장점과 단점 중 무엇을 바라보느냐? 여기에 따라 허니문 기간에 차이가 발생한다."

"그럼……."

"상대의 단점이 아니라 장점을 바라보는 경우에는 허니문 기간이 길어진다. 그러니까 장점만 바라보게 해야지."

"쉽게 말해서… 잘하는 것에 집중해야 한다. 맞습니까?"

"그래. 맞다."

이용운이 빙그레 웃으며 덧붙였다.

"오늘 경기가 시작했을 때, 내가 오지랖 부리지 말라고 충고 했었지?"

"네. 그리고 제 역할이 가장 중요하다고도 말씀하셨습니다. 그렇지만 그 이유까지는 아직 알려주지 않으셨죠."

"아까 후배의 역할이 가장 중요하다고 말했던 이유를 알려 주마."

"뭡니까?"

"허니문 기간이 최대한 길어지게 만들기 위해서는 후배의 역할이 무척 중요하거든."

"무슨 말씀이신지……?"

"폴 바셋과 피터 알론소의 장점이 무엇이냐?"

"뭐니 뭐니 해도 수비죠."

"맞다. 폴 바셋과 피터 알론소는 수비력이 뛰어나다는 장점을 갖고 있다. 그런데 수비는 주목을 받지 못한다. 그래서 두드러지지 않지. 결국 주목받는 것은 공격이다. 그래서 후배가 잘하는 것이 중요하다고 말했던 것이다."

"장점을 부각시켜서 장점만 바라보게 만들라는 뜻이로군요."

"정확하다. 그리고 마이애미 말린스는 허니문 기간이 최대한 길어야만 한다."

"이유는요?"

"지구 꼴찌니까."

이용운이 한숨과 함께 덧붙였다.

"이번 기회에 반등하지 못하면 월드시리즈 우승은커녕 지구 우승도 불가능하다."

*   *   *

'브라이언 마일스와 내 역할이 중요하구나.'

허니문에 빗댄 이용운의 설명은 꽤나 장황했지만, 박건은 끝까지 집중하며 귀를 기울였다

무척 중요한 이야기라는 생각이 들어서였다. 그리고 이용운의 설명 덕분에 박건은 마이애미 말린스로 막 이적한 지금, 자신이 해야 할 일이 무엇인지에 대한 감을 잡을 수 있었다.

"트레이드는 성공적이다."

마이애미 말린스 구단의 단장인 잭 대니얼스와 감독인 조 매팅리, 그리고 팬들에게 이런 인식을 심어줄 수 있는 방법은 성적 상승이었다.

그러나 마이애미 말린스는 원체 약팀이었다.

박건을 비롯한 네 선수가 합류했다고 해서 팀 성적이 눈에

떠게 상승할 확률은 낮았다.

게다가 수비에 강점이 있는 폴 바셋과 피터 알론소의 활약은 주목받기 힘든 상황.

상대적으로 더 주목받을 수 있는 자신과 브라이언 마일스의 공격력을 이적 초반에 보여줘야 했다.

그리고 굳이 꼽자면 브라이언 마일스보다 자신이 더 주목을 받을 가능성이 높았다.

그 이유는 해결사 능력이었다.

브라이언 마일스는 장타력이 떨어졌다.

게다가 팀의 리드오프 임무를 부여받고 있었다.

그가 아무리 출루를 많이 한다 해도 득점으로 이어지지 않는다면 무소용이었다. 그래서 출루에 성공한 브라이언 마일스를 홈으로 불러들이는 해결사 역할을 맡아야 하는 자신이 더주목을 받게 될 것이었다.

거기까지 생각이 미친 순간, 박건은 이용운에게 질문하려던게 있는 것을 깜박했다는 사실을 뒤늦게 깨달았다.

"선배님."

"왜? 아직도 이해가 안 돼? 설명이 부족해?"

"그게 아니라… 의아한 점이 있습니다."

"뭐가 의아해?"

"오늘 경기 두 번째 타석 말입니다."

"후배가 주자 일소 3루타를 때렸던 타석?"

"네. 좀 이상했습니다."

"뭐가 이상해?"

"그게… 너무 잘 맞았습니다."

"지금 본인 얼굴에 금칠하고 싶어서 잘난 척하는 거야?"

"그게 아니라… 제가 예상했던 것보다 너무 잘 맞았습니다."

박건이 당시 상황을 떠올리며 덧붙였다.

"미리 말씀드렸던 대로 당시 수 싸움을 대충 했습니다. 데릭 롱고베리가 초구로 브레이킹볼 계열의 공을 구사하면 무조건 배트를 내민다. 이렇게 결심한 상황에서 데릭 롱고베리가 초구로 슬라이더를 구사했습니다. 그래서 배트를 휘둘렀는데……."

"휘둘렀는데?"

"제 예상보다 너무 잘 맞았습니다. 횡으로 휘어져 나가는 슬라이더라서 배트 중심에 맞히는 것보다 일단 배트에 맞히자. 그리고 라인 선상 안쪽에 떨어지게 만들자. 이런 각오로 배트를 휘둘렀는데……."

"그런데 배트 중심에 맞았다?"

"네."

"이유는 두 가지다. 우선 후배의 타격감이 워낙 좋다."

이용운이 꺼낸 첫 번째 이유를 들은 박건이 고개를 끄덕였다.

타격에는 사이클이 있는 법이었다. 그리고 현재 박건의 타격감은 고점에 올라와 있었다.

흔히 표현하기로 타격감이 좋을 때는 야구공이 수박만 하게 보인다고 말한다.

그리고 지금 박건이 그 상태였다.

'어지간한 공은 안타로 만들 수 있다.'

타석에 들어서기 전에 이런 확신이 들 정도였다.

그때, 이용운이 두 번째 이유를 알려주었다.

"또 하나의 이유는 후배의 타격폼이 완벽에 가까워졌기 때문이다."

"제 타격폼이요?"

"그래. 타격하기 위해서 중심을 이동할 때 중심이 무너지지 않는다. 그리고 중심이 뒤에 있기 때문에 특히 브레이킹볼 계열의 공에 대한 대처가 잘되고 있다. 아까 후배는 배트에 맞히겠다는 각오로 타격에 임했다고 했지만, 타격할 때 중심이 무너지지 않았기 때문에 배트 중심에 공을 맞힐 수 있었던 거지."

'그랬구나.'

이용운의 설명 덕분에 박건은 비로소 오늘 경기 두 번째 타석에서 때린 타구가 예상보다 훨씬 잘 맞았던 이유를 알 수 있었다.

그리고 하나 더.

"그럼 앞으로도 지금처럼 계속하면 되겠네요."

"내가 말했잖아. 폼이 좋을 때는 바꾸면 안 된다고."

"알겠습니다."

"그래서 충고할 게 있다."

"어떤 충고입니까?"

박건이 질문하자, 이용운이 대답했다.

"내일 경기에서는 타석에서 너무 욕심내지 마라."

『내 귀에 해설이 들려』 11권에 계속…